Die unlangweiligste Schule der Welt

Duell der Schulen

Die unlangweiligste Schule der Welt

Band 1 Auf Klassenfahrt

Band 2 Das geheime Klassenzimmer

Band 3 Die entführte Lehrerin

Band 4 Zeugnis-Alarm!

Band 5 Duell der Schulen

Band 6 Geisterstunde

Band 7 Der Schüleraustausch

Weitere unlangweilige Abenteuersind in Vorbereitung!

Sabrina J. Kirschner

Mit Bildern von Monika Parciak

CARLSEN

Mission: Duell der Schulen 505.ZZZ.5

VERTRAULICH!
BEHÖRDE FÜR
BFLB
LANGEWEILEBEKÄMPFUNG

AKTENZEICHEN 505.ZZZ

NAME: Maximilian „Maxe" Zack
LEHRERIN: Frau Penne

ÄUSSERE MERKMALE: braune Augen, 145 cm, Nase leicht schief (da bereits 2 x gebrochen), Schultasche zugemüllt
KLASSENBUCHEINTRÄGE: 1258
BESONDERE FÄHIGKEITEN: einfallsreich, mutig
HAUSTIER: Makkaroni (Labrador)
GESCHWISTER: 2 große Brüder, 1 kleiner Bruder
KENNTNISSE: Streiche, Stinkbomben
NOTEN: Darüber reden wir lieber nicht.
LEIBSPEISE: Makkaroni mit Käse
AUSSERDEM: hasst Schule, Erzfeind: Direktor Schnittlich

NAME: Frieda Geratwol
LEHRERIN: Frau Penne

ÄUSSERE MERKMALE: blaue Augen, lange braune Haare, 166 cm, trägt gern T-Shirts mit seltsamen Sprüchen drauf
KLASSENBUCHEINTRÄGE: 3
BESONDERE FÄHIGKEITEN: zuverlässig, stur, megaschlau
HAUSTIER: Knutschkugel (Katze)
GESCHWISTER: keine
KENNTNISSE: weiß alles, kann alles (okay, alles außer werfen)
NOTEN: 1,0
LEIBSPEISE: Nusshörnchen
AUSSERDEM: liebt Schule, will mal Lehrerin werden

NAME: Makkaroni Zack
SCHULE: Hundeschule Derbeistnich

BERUF: Zurückbringer von zu Boden gegangenen Flugobjekten (Stöcken, Bällen, Socken)
ÄUSSERE MERKMALE: hellbeiges Fell, braune Hundeblickaugen
HAUSTIER: Maxe Zack (kleiner Junge)
BESONDERE FÄHIGKEITEN: Erschnüffeln von leckeren Käsegerichten, bester Freund sein
LEIBSPEISE: Makkaroni mit Käse

BEHÖRDE FÜR
★ BFLB ★
LANGEWEILEBEKÄMPFUNG

NAME: Knutschkugel Geratwol
SCHULE: bitte was?!

BERUF: Weltherrscherin
ÄUSSERE MERKMALE: seidenweiches Fell, spitze Ohren, katzenhafter Blick
HAUSTIER: Frieda Geratwol (großes Mädchen)
BESONDERE FÄHIGKEITEN: schlafen, gestreichelt werden
LEIBSPEISE: Lachsröllchen, Gänseleberpastete

STRENG GEHEIM!

AKTENZEICHEN 505.ZZZ

NAME: Karl von Streichzapf
LEHRERIN: Frau Penne

ÄUSSERE MERKMALE: Gelhaare, schnieke Klamotten
KLASSENBUCHEINTRÄGE: 1
BESONDERE FÄHIGKEITEN: nett tun, bestimmen, schlummern
LEIBSPEISE: Cordon bleu

NAME: Elinore Pfusch
LEHRERIN: Frau Penne

ÄUSSERE MERKMALE: dünne Schnittlauchhaare
KLASSENBUCHEINTRÄGE: 1
BESONDERE FÄHIGKEITEN: nichts tun, chillen, tagträumen
LEIBSPEISE: Nudeln

NAME: Pascal Schwazer
LEHRERIN: Frau Penne

ÄUSSERE MERKMALE: lispelt, feuerrotes Haar
KLASSENBUCHEINTRÄGE: 2
BESONDERE FÄHIGKEITEN: Gruselgeschichten erzählen, übertreiben, wegratzen
LEIBSPEISE: Blutwurst mit Kartoffelbrei

NAME: Suse Zickler
LEHRERIN: Frau Penne

ÄUSSERE MERKMALE: Kleidchen, Blümchen, Schleifchen, blonde Zöpfe
KLASSENBUCHEINTRÄGE: 1
BESONDERE FÄHIGKEITEN: rumheulen, zicken, nölen, dösen
LEIBSPEISE: Erdbeerkuchen

STRENG GEHEIM!

NAME: Anton Fuchs
LEHRERIN: Frau Penne

ÄUSSERE MERKMALE: dicke Brille
KLASSENBUCHEINTRÄGE: 4
BESONDERE FÄHIGKEITEN: mutig, ehrlich, kann Streit schlichten, schnarchen
LEIBSPEISE: Honigbrot

NAME: Felix Frohm
LEHRERIN: Frau Penne

ÄUSSERE MERKMALE: neongrüne Zahnspange
KLASSENBUCHEINTRÄGE: 2
BESONDERE FÄHIGKEITEN: krasse Lache, alles gut finden, pennen
LEIBSPEISE: Nudelsuppe

AKTENZEICHEN 505.ZZZ

NAME: Egon Traufe

BERUF: Hausmeister

ÄUSSERE MERKMALE: kratzige Stimme, buckliger Rücken, lichtes Haar

HAUSTIER: Alfons (Englische Bulldogge)

BESONDERE FÄHIGKEITEN: Schüler aufspüren, Schüler bestrafen

LEIBSPEISE: Salat mit Gurke

NAME: Flora Heuchle

BERUF: Sekretärin

ÄUSSERE MERKMALE: X-Beine, Stöckelabsätze, tomatenrote Lippen

HAUSTIER: Papagei

BESONDERE FÄHIGKEITEN: übertrieben freundlich sein

LEIBSPEISE: Käsestückchen

NAME: Anna-Maria Penne
BERUF: Lehrerin

ÄUSSERE MERKMALE: trägt immer dasselbe (oder hat alles doppelt)
BESONDERE FÄHIGKEITEN: Schüler in den Schlaf quatschen, Kinder zu Tode langweilen
LIEBLINGSLAND: Italien
LEIBSPEISE: Pasta mit Pesto, vielleicht Schokolade?

NAME: Horst Schnittlich
BERUF: Schulleiter

ÄUSSERE MERKMALE: Durchschnittstyp
BESONDERE FÄHIGKEITEN: gemein sein, sich Regeln ausdenken für das von ihm entwickelte „Schnittliche Schulregularium"
ERZFEIND(E): Kinder
LEIBSPEISE: alle Arten von Wurst

STRENG GEHEIM!

AKTENZEICHEN 505.ZZZ

NAME: Viktor Hammer
SCHULE: First-Klaas-Schule
LEHRER: Klaas First

ÄUSSERE MERKMALE: groß, breitschultrig
ANZAHL GEWONNENER PREISE: 37
BESONDERE FÄHIGKEITEN: gewinnen, alles können
LEIBSPEISE: Ketchup mit Schnitzel

505.ZZZ
SCHNITTLICH-SCHULE

NAME: Hermes Deviné
SCHULE: First-Klaas-Schule
LEHRER: Klaas First

ÄUSSERE MERKMALE: breite Schultern, riesengroß
ANZAHL GEWONNENER PREISE: 25
BESONDERE FÄHIGKEITEN: gewinnen, einschüchtern, mobben
LEIBSPEISE: Steak (schön blutig)

NAME: Klaas First
SCHULE: First-Klaas-Schule
BERUF: Schulleiter

ÄUSSERE MERKMALE: geschniegelt und gestriegelt
ANZAHL GEWONNENER PREISE: 2500 seit dem 1. Geburtstag
BESONDERE FÄHIGKEITEN: andere in den Schatten stellen und in die Pfanne hauen, übertrumpfen
ERZFEIND(E): Horst Schnittlich und alle Schüler der Schnittlich-Schule
LEIBSPEISE: Schnecken (schön schleimig)

Der Auftrag beginnt ...

Mission: Duell der Schulen
505.ZZZ.5/01

MONTAG, 9. SEPTEMBER, 7:17 UHR. MITTELHAUSEN. BFLB MOBILE ZENTRALE.

Meine lieben Kollegen,

die Sommerferien sind um, und wie mir Kollege Bodo aus der Abteilung für Alleswissen versicherte, ist in Mittelhausen noch alles beim Alten. Herr Schnittlich tüftelt täglich neue Schulregeln aus, Herr Müller mäht dreikommaeinszweisechs Mal die Woche den Rasen, Frau Penne übt inkognito* Schwimmen und Maxe … na ja … sagen wir mal so: Um zu berichten, was er alles macht, müsste ich eine neue Aktenmappe anlegen.

Doch nun hat die Schule wieder angefangen. Höchste Zeit für eine neue Mission! Jetzt, wo sich die Lehrer noch in allerbester Feier… äh … Ferienlaune befinden, werden sie nichts ahnen. Und *zack!* haben wir zugeschlagen. Stellen Sie sich das Chaos, Tohuwabohu, den Krawall und Rabatz vor, liebe Kollegen … Einfach himmlisch, oder?!

* verkleidet als Flamingo!!! – damit man sie nicht erkennt. Ist das zu glauben???

Vertrauen Sie mir. Dieser Plan ist von einem absoluten Meister seines Handwerks ausgearbeitet – nämlich von meiner Wenigkeit. Ich verspreche, es wird diesmal keinerlei Zwischenfälle geben, weder Pleiten noch Pech und schon gar keine Pannen!

Rumpus kommt, sieht und siegt. Also auf in eine neue Mission – mögen die Spiele beginnen!

Mit freundlichen Grüßen
Insp. RR

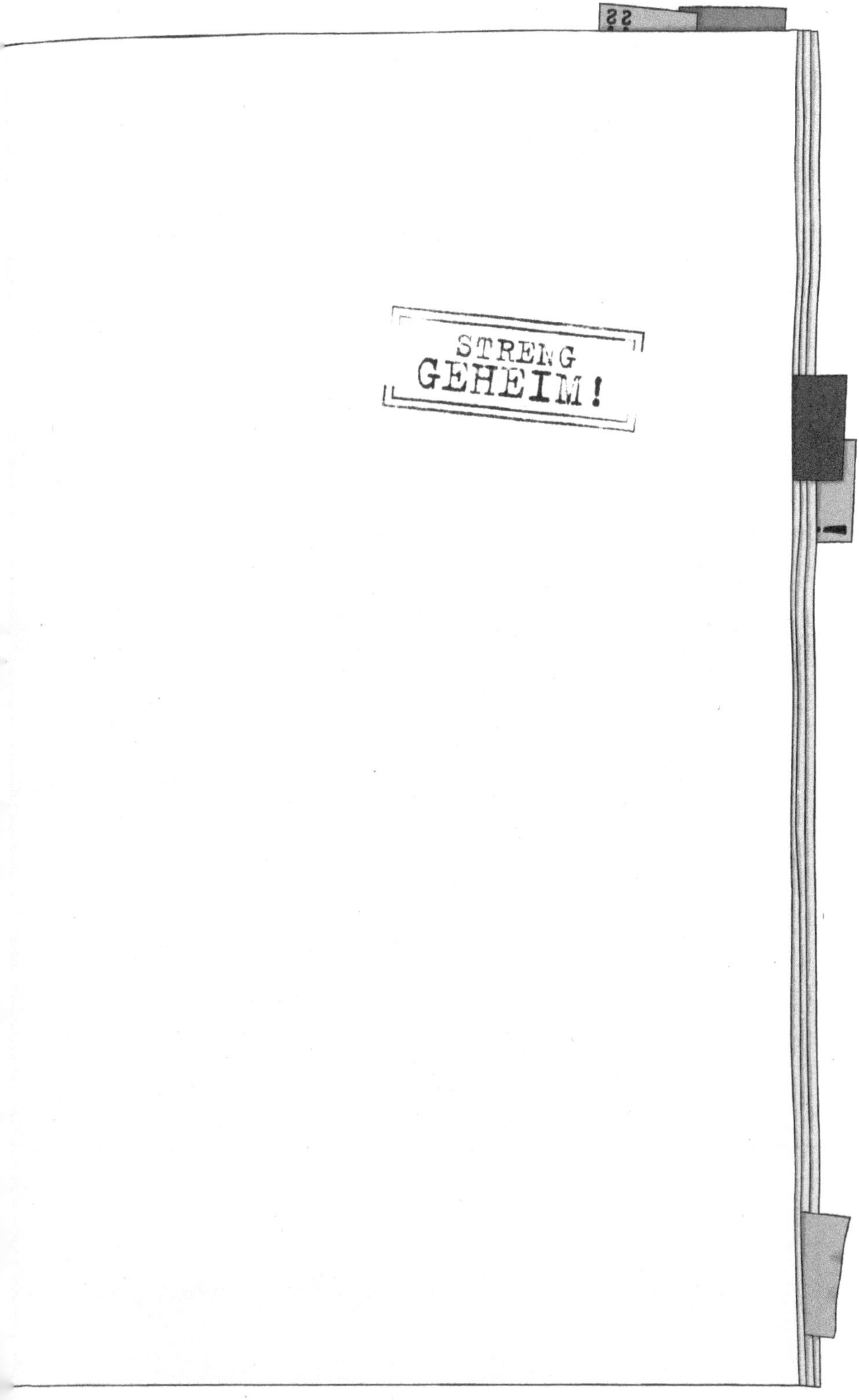
STRENG
GEHEIM!

Der langweiligste erste Schultag der Welt

Maxe bekam kaum den Mund auf, während Frieda ohne Punkt und Komma auf ihn einquatschte. Seine Gedanken waren zäh wie Kaugummi, die Worte wollten einfach nicht raus! „… waren wir auf diesem Affenfelsen. Gibraltar, kennst du? Plötzlich saßen lauter Affen auf meiner Schulter und haben mich gelaust! Und mittendrin …“ Friedas Stimme rauschte nur so in seinen Ohren. Maxe wusste einfach nicht, wie er es ihr sagen sollte. „… hockte dieser komische Tourist in seiner Palmen-Badehose.“ Frieda schien Maxes Einsilbigkeit nicht mal zu bemerken.

„Hm …“, brummte er nur hin und wieder mal, wobei er sich Hilfe suchend umsah. Konnten sie ihrem Schicksal entkommen? Würde er Frieda retten können? Er war ihr bester Kumpel und er hatte versagt. Hatte einfach nicht mehr daran gedacht, sie zu warnen. Sie würde ausrasten! Andererseits hatte *sie* wenigstens schöne, erholsame Sommerferien gehabt. Nicht so er! Er hatte die letzten sechs Wochen in Angst und Schrecken verbracht. Na ja, okay, zumindest dann, wenn er an die Schule gedacht hatte, was eher selten der Fall gewesen war … Aber egal, er hatte es mal wieder versaut!

„Frieda!“, platzte er heraus.

Eben hatten sie die Straße zum Wochenmarkt überquert. Weit war es nicht mehr bis zur Schnittlich-Schule. Genug Zeit für Frieda, um ihn eiskalt umzubringen? Einfach so, hier auf der Straße?

Mit wachsweißem Gesicht starrte er seine Freundin an.

„Ja, was ist, Maxe?“, fragte sie genervt. „Du hast gerade das große Finale meiner Feriengeschichte unterbrochen, als der Tourist die Wanzen und Läuse einsammelte – also sollte es besser was Wichtiges sein!“

Maxe schluckte. Um Zeit zu gewinnen, holte er seinen Pulli aus dem Rucksack. Er fröstelte schon – wegen Frieda und weil es für Anfang September ungewöhnlich kalt und windig war. „Du kriegst heute deine erste Sechs“, flüsterte er kleinlaut.

Frieda verdrehte jedoch nur lachend die Augen. „Ach ja? Wie denn das, bitte? Meinst du, wir schreiben am ersten Tag nach den Sommerferien gleich eine Klassenarbeit? Das ist doch lächerlich!“

Maxe lehnte sich gegen den Wind und lief schneller.

Er musste einen möglichst großen Vorsprung gewinnen. Gleich hatten sie es geschafft. Am Ende der Gasse war schon der Haupteingang der Schnittlich-Schule zu sehen.
„Maxe, sag jetzt nicht, dass du das ernst meinst?“, kreischte Frieda, die Stimme voller Panik, während sie die Verfolgung aufnahm.
Die letzten Meter bis zum Stacheldrahtzaun rannten sie beide.
„Das ist jedes Jahr so! Nach den Ferien findet ein Test zur Kontrolle des Restwissens statt. Regel 327 dieses blöden Schnittlichen Schulregulariums … oder so.“
„Ach *das*! Das ist doch kein Problem! Ich weiß natürlich noch alles!“, verkündete Frieda, während sie versuchte, ihre vom Wind zerzausten Haare zu bändigen.
Maxe drückte das breite Stahltor zum Schulhof auf. „Was? Das kann doch nicht dein Ernst sein! Ich weiß gar nichts mehr … nada … niente … Das war so langweilig und öde im letzten Jahr! Außerdem war ich ja eigentlich die ganze Zeit mit den Aufträgen des …“

Maxe blieben die letzten Worte im Hals stecken. Was war denn hier los?
Der ganze Schulhof war voller Leute. Nicht nur Schüler – auch die Lehrer hatten sich auf dem Hof versammelt. Und alle starrten wie gebannt auf das Eingangsportal!
„Was geht denn hier ab?“, wunderte sich Maxe.
Frieda fackelte nicht lange. Energisch schob sie sich durch die Menge.
„Morgen!“, begrüßte sie Anton.
Endlich hatten sie freien Blick auf den Haupteingang. Maxe schnappte nach Luft. „Abgefahren!“
Das gesamte Portal war mit grellbunten Zetteln tapeziert. Nur direkt über der Tür war eine größere Fläche ausgespart.
„Das Schild ist weg!“, stellte Frieda da auch schon fest.
„Welches Schild?“, fragte Maxe begriffsstutzig.
Frieda verdrehte die Augen. „Na das …“
„Isss dasss nicht total krasssss?“, unterbrach Pascal sie. „Dasss Namensssssschild der Ssschnittlich-Ssschule wurde gessstohlen!“
Tatsächlich! Dort oben prangte sonst eine große

goldene Tafel mit der Inschrift „Ehrwürdige Schnittlich-Schule“.
Maxe kniff die Augen zusammen, um die Botschaft auf den Zetteln zu entziffern. „Wanted!“ stand dort. Darunter war eine Gruppe maskierter Gestalten zu sehen.

„Haben die das Ding etwa geklaut?“, rief Maxe begeistert und drückte sich seine Nase fast an dem Portal platt. In dem Moment wurde die Tür aufgerissen. Maxe stolperte nach vorn und landete auf den Fliesen der Eingangshalle. Die Schüler hinter ihm schnappten entsetzt nach Luft. Langsam hob Maxe den Kopf. Blank polierte graue Schuhkappen, die weder spitz noch eckig waren, kamen in sein Blickfeld.
Maxe schluckte schwer. Ihm brach der Schweiß aus.
„Maximilian Zack! Wenn ich es nicht besser wüsste, würde ich sagen, *SIE* haben etwas mit

dem Verschwinden unserer altväterlichen Namenstafel zu tun!“ Eine Ladung Spucke ergoss sich über Maxe. Er zog den Kopf ein.
Hinter ihm war es mucksmäuschenstill geworden.
„Ich bin aber unschuldig … großes Indianerehrenwort“, krächzte Maxe heiser.
„Ausnahmsweise …“, fügte er halblaut hinzu.
Wenn er diese maskierten Typen irgendwann mal treffen sollte, musste er unbedingt daran denken, ihnen zu dieser Heldentat zu gratulieren. Das Schild geklaut! Total abgefahren.
„Na schön … oder vielmehr … nicht schön.“ Herr Schnittlich marschierte an ihm vorbei nach draußen.
Maxe stutzte. Wars das etwa schon? Das konnte doch überhaupt nicht sein!
„Klasse von Frau Penne!“, brüllte der Direktor über den Schulhof.
Schnell rappelte sich Maxe auf, um nicht von den Kindern überrannt zu werden.
„Begeben Sie sich auf der Stelle in Zelle … äh … Zimmer Nr. 8. Dort wird der jährliche Begrüßungstest stattfinden.“ Er musterte die

vorbeiflitzenden Kinder mit seinen kalten grauen Augen. „Jetzt aber dalli! Ich habe zu tun, sehr viel zu tun." Der Direktor lachte kalt. „Rache ist Blutwurst. Hähä!" Dann war er auch schon weg. Maxe lief ein kalter Schauer über den Rücken. „Zwick mich mal! Ich glaube, ich träume!", sagte er zu Frieda.

„Das war echt komisch!", stimmte ihm seine Freundin zu. „Er hat dir nicht mal einen Klassenbucheintrag verpasst."

„Wasss meint Ssschnittlich denn mit Rache?", mischte sich Pascal ein.

Frieda zuckte die Achseln. „Keine Ahnung, aber es klang … böse."

„Abgrundtief böse …", hauchte Elinore Pusch hinter ihren Haaren hervor.

„Ich habe Angst!", jammerte Suse.

„Zum Glück hat er mich nicht sofort kaltgemacht", brummte Maxe. Er bückte sich, um seine Schultasche aufzuheben.

Da rempelte ihn Karl an. „Alle mir nach! Wir wollen doch nicht schon am ersten Tag zu spät kommen!“ Wie ein aufgeplusterter Gockel stolzierte er der Lehrerin hinterher.
Frieda rollte mit den Augen. „Großartig!“ Seufzend folgte sie Karl von Streichzapf durch den stockfinsteren Gang.
Zimmer Nummer 8 befand sich ganz am Ende des fensterlosen Flurs. Die Tür stand offen und ein schmaler Lichtkegel fiel auf den Boden.
Maxe atmete erleichtert auf. „Immerhin ist es dieses Jahr keine Einzelzelle!“
Frieda warf ihm einen ungläubigen Blick zu. „Machst du Witze?“
„Kein Witzzz!“, lispelte Pascal und schlüpfte durch die Tür.
Das Klassenzimmer war wirklich groß. Entsprechend weit standen die Tische auseinander, damit kein Kind abschreiben konnte. Eine funzelige Glühbirne baumelte von der Decke. Fenster gab es keine. Nur ein paar Luftschlitze, direkt unter der Decke, die natürlich vergittert waren.

„Dasss war früher mal die Folterkammer“, wisperte Pascal aufgeregt.
„Wie passend!“ Maxe packte Friedas Hand und zog sie zu einem Platz in der letzten Reihe. „Du sitzt neben mir.“
Das war schließlich Tradition! Denn seit Frieda in Maxes Schule ging, waren die beiden Nachbarn. Nicht nur zu Hause im Bergweg, sondern auch im Klassenzimmer.
„Wie sollen wir denn hier überhaupt sehen, was wir schreiben?“, fragte Frieda laut. „Es ist doch stockdunkel hier!“
„Regel 88 des Schnittlichen Schulregulariums! Der Test zur Kontrolle des Restwissens, kurz Begrüßungstest, muss stets bei Dunkelheit abgehalten werden – um dem Abschreiben bestmöglich vorzubeugen!“, schallte Frau Pennes Stimme durch den Raum. Die Klassenlehrerin kam aus einer dunklen Ecke geschlurft. Wie gewöhnlich blinzelte sie träge in die Runde. „Setzt euch, wir fangen an.“
Die Kinder verteilten sich auf die Tische im Raum. Frieda holte ihr Federmäppchen aus dem

Rucksack. Lächelnd legte sie es auf den Tisch, dann zückte sie erwartungsvoll den Füller.
Maxe stöhnte. „Freu dich nicht zu früh! Das wird kein Spaziergang!“, brummte er, während Frau Penne jedem Kind einen dicken Stapel Papier auf den Tisch klatschte.
„Regel 99: Prüfungen an der Schnittlich-Schule dauern stets 333 Minuten, haben 333 Fragen und …“
Maxe vergrub sein Gesicht in den Händen. Er würde nicht mal eine einzige Frage

richtig beantworten können. Vorsichtig, als handle es sich um ein vergammeltes Pausenbrot, griff er nach der obersten Seite.
Der Test begann mit *Allgemeinwissen und Geschichte.* „Wie hieß Horst Schnittlichs Ur-Ur-Ur-Großvater ¿" lautete die erste Frage. Maxe schielte zu Frieda. Doch es war viel zu dunkel, um etwas erkennen zu können – außer, dass seine Freundin bereits wie eine Verrückte schrieb.
Frau Penne schlich zwischen den Tischreihen umher. „Regel 146 des Schnittlichen Schulregulariums …", zitierte sie aus dem dicken Buch, das den Schülern der Schnittlich-Schule so verhasst war wie Fußpilz oder Wirsingkohl oder …
„Blutwursssst", lispelte Pascal, der schon bei der zweiten Frage angelangt war: „Was ist Herrn Schnittlichs Leibspeise¿"
Maxe trug die Antwort gleich ein und las die nächste Frage: „Was mag Herr Schnittlich überhaupt nicht¿"
Das war easy! „Kinder" schrieb er mit krakeliger Schrift.

Lief doch besser als erwartet! Jetzt musste er nur noch die restlichen 331 Fragen beantworten und er war erlöst. Hoffnungsvoll blätterte er um.

Mission: Duell der Schulen 505.ZZZ.5/02

MONTAG, 09. SEPTEMBER

LANGEWEILE-BEKÄMPFUNGSEINHEITEN:

Regenjacke Modell „Quietscheente"
1 dreifach versiegelter Briefumschlag
1 Plastiknase
1 Unterschriftenpad

9:01 UHR. MITTELHAUSEN. ZELLE 8. SCHNITTLICH-SCHULE.

Klaas First hat den Köder geschluckt! Das Schild hat er auch schon. Wunderbar. Allerdings war der Junge so schnell, dass ich seinen Brief am Ende aus der Tasche von Postbote Stramm entwenden musste. Nun bin ich auf dem Weg in Zelle 8. Das Wetter ist mies, aber meine Frisur hält – mein Make-up weniger. (Aktenvermerk an die Abteilung für Täuschung und Tarnung: Nächstes Mal muss der Sekundenkleber für die Plastiknase wasserfest sein!) Werde besagten Brief an Schulleiter Schnittlich übergeben und Mission einleiten. Dann melde ich mich wieder.

MfG Insp. RR

Die Herausforderung

Seit vier Stunden schwitzten die Kinder schon über dem Begrüßungstest. Maxes Blick huschte zu Frage 243. „Kennen Sie dieses Kind?“ stand da. Darunter war das Bild eines Jungen mit Sonnenbrille zu sehen. Er war groß und muskulös und hatte eine Bürstenfrisur.

„Das ist doch einer der Jungs von den Wanted-Zetteln“, überlegte Maxe halblaut.

Frau Penne wirbelte herum. „Regel 42: Kinder, die bei einer Prüfung reden, müssen …“

Da schoss Friedas Arm in die Luft. „Ich hab eine Frage“, rief sie.

Dankbar blies Maxe die Backen auf. Das war knapp gewesen!
„Eine Frage? Während des Begrüßungstests?“, stammelte die Lehrerin verwirrt. Hektisch blätterte sie im Schnittlichen Schulregularium. „Moment, dazu gibt es keine Regel … aber das kann ja gar nicht sein …“
Friedas Arm wurde immer länger.
„Na schön, was hast du auf dem Herzen?“, fragte Frau Penne und lächelte dabei sogar ein wenig. Kaum zu glauben, wie sehr sie sich seit der Prüfung zum Sonderlehrerscheinverfahren – oder wie auch immer das hieß – gewandelt hatte! Manchmal war sie richtig … nett.
„Was bekommt man, wenn man die Frage mit dem Jungen richtig beantwortet?“, wollte Frieda wissen.
Schlagartig war Frau Pennes Lächeln verschwunden. Ängstlich blickte sie sich um.
„Weißt du denn die richtige Antwort?“, flüsterte sie kaum hörbar.
„Was kriege ich denn für die richtige Antwort?“, wiederholte Frieda hartnäckig.
Frau Penne schnappte nach Luft.

Plötzlich durchbrach ein lautes Knarren die Stille im Klassenzimmer.
Maxes Kopf schnellte hoch. Doch im Raum war es einfach viel zu dunkel, um etwas erkennen zu können.
„Fräulein Geratwol!“ Schnittlichs Stimme dröhnte durch das Klassenzimmer.
Suse brach vor Schreck in Tränen aus. Elinore versteckte sich schnell hinter ihrem Haarvorhang.
Ungläubig sah Maxe zum Schulleiter. „Hey, wo kommen Sie denn auf einmal her?“, platzte er heraus.
Aber der Schulleiter beachtete ihn überhaupt nicht. Stattdessen marschierte er direkt auf Frieda zu.
„Fräulein Geratwol, Sie kennen also die Antwort auf die Frage?“, säuselte er.
Friedas Augen verengten sich zu schmalen Schlitzen. „Was bekomme ich denn für die richtige Antwort?“
„Eine Eins in Mathe!“, versprach der Schulleiter.
„Die bekomme ich sowieso“, erwiderte Frieda gelangweilt.
Maxe grinste. Frieda war einfach Bombe!

Schulleiter Schnittlich rümpfte verärgert die Nase. Der Rest der Klasse hielt den Atem an.
„Eine Woche mehr Ferien!“, bot der Schulleiter leise an.
Die Kinder kreischten vor Begeisterung. Maxe hätte ausflippen können! Warum kannte er die Antwort nicht?! Vielleicht sollte er sich in diesem Schuljahr wirklich ein bisschen mehr anstrengen …
„Nein.“ Frieda schüttelte den Kopf. „Dann verpasse ich den Stoff.“
Ungläubig blinzelte Maxe in die Dunkelheit. War sie noch ganz …
Da platzte Herrn Schnittlich der Kragen. „Wenn Sie mir nicht augenblicklich die richtige Antwort sagen, werfe ich Sie …“ Die Stimme des Schulleiters überschlug sich.
„Ähm … wo finde ich denn den Direktor dieser … ähm … Einrichtung?“, krächzte in diesem Moment eine Stimme.
Maxe starrte in Richtung Tür. Wer war denn jetzt schon wieder gekommen?
Ein Mann trat in den funzeligen Lichtschein der

einsamen Glühbirne. Er trug eine badeentchengelbe Jacke. Die Kapuze hatte er tief ins Gesicht gezogen.
„Ist bloß der Postbote“, flüsterte Anton, nachdem er seine Nachtbrille aufgesetzt hatte.
Wie, bloß der Postbote? Maxe ließ sich enttäuscht in den Sitz zurückfallen.
„Hier bin ich!“, brüllte Herr Schnittlich. Die Kinder zogen die Köpfe ein. „Was gibt es denn?“
„Eine Eilsendung zu Händen von Horst Schnittlich – Schulleiter der Schnittlich-Schule in Mittelhausen“, las der Postbote vor.
„Kann das nicht warten? Ich bin gerade in einer wichtigen Unterredung! Wer ist denn der Absender?“, bellte der Direktor.
Der Postbote hielt sich das Paket nun direkt vor die Nasenspitze, die ziemlich lang und krumm war. „Moment, es ist so dunkel hier ... Ach ja, jetzt hab ich's! Der Brief ist von einem gewissen Herrn Klaas First, Leiter der First-Klaas-Schule in Obersstadt.“ Die blauen Augen des Mannes blitzten unter seiner Kapuze hervor.
Erwartungsvoll sah er zum Schulleiter.

Herr Schnittlich stand da wie eine Ampel. In schneller Abfolge wechselte seine Gesichtsfarbe von Rot über Gelb zu Grün.
Schließlich knurrte er: „Geben Sie das auf der Stelle her!“, und stolperte auf den Briefträger zu. Bevor der arme Mann wusste, wie ihm geschah, hatte ihm der Direktor schon den Umschlag aus der Hand gerissen.
Was hätte Maxe in diesem Moment für eine Taschenlampe gegeben! Wenn er doch nur lesen könnte, was in dem Brief stand! So wie der

Schulleiter reagiert hatte, musste der Brief brandheiße Informationen enthalten! Maxe wechselte einen Blick mit Frieda. Auch seine Freundin machte einen langen Hals.
Schnittlich riss den Umschlag auf.
Der Postbote schüttelte sich. „Sie müssen mir noch die Übergabe bestätigen", sagte er und wedelte mit seinem Unterschriftenpad.
Doch der Schulleiter antwortete nicht. Seine ganze Aufmerksamkeit galt dem Brief.
„Ich will wissen, was da steht …", maulte Maxe.

Plötzlich stieß Herr Schnittlich triumphierend die Faust in die Luft. „Haha, die Herausforderung nehmen wir an! Kinder, der Begrüßungstest ist hiermit beendet!“
Totenstille.
Maxe schielte zu Frieda. War das eine Falle?
Seine Freundin zuckte nur hilflos mit den Schultern, während Herr Schnittlich bereits weitersprach: „Begeben Sie sich umgehend nach Hause und ruhen Sie sich aus. Morgen ist ein großer Tag für die Schnittlich-Schule!“
Der Briefträger versuchte immer noch, seine Unterschrift zu bekommen. Vergeblich.
„Morgen treten wir an, um zu siegen!“, posaunte Herr Schnittlich durch das Klassenzimmer. Dabei warf er beide Arme in die Luft, als hätte die Klasse schon gewonnen. Der Briefträger schaffte es gerade noch, sich mit einem Satz zur Seite zu retten.
„An diesem historischen Tag wird Horst Schnittlich endlich Klaas First besiegen! Ähm … ich meine natürlich … wird die Schnittlich-Schule endlich die First-Klaas-Schule schlagen!“

Frieda presste die Hand vor den Mund. „Nie im Leben“, flüsterte sie. „Das kann er sich abschminken!“
Maxe verstand nur Bahnhof. „Wer ist dieser Klaas und warum will Schnittlich ihn besiegen? Und überhaupt, was hat das alles mit uns zu tun?“ Die Fragen sprudelten nur so aus ihm heraus.
Doch Herr Schnittlich war noch lange nicht fertig! Er stützte sich mit den Fäusten auf Friedas Tisch auf. „Egal wer unsere altväterliche Namenstafel gestohlen hat – wir werden sie zurückerobern und den Wettbewerb gewinnen!“ Mit diesen Worten drehte er sich um und nahm die Klasse ins Visier. Seine Augen verengten sich zu schmalen Schlitzen. Die Kinder duckten sich instinktiv. Selbst Frau Penne zitterte.
„Sollten Sie allerdings, meine lieben Kinder, aus irgendeinem mir vollkommen unerfindlichen Grund bei diesem Wettbewerb versagen …“ Schnittlich trommelte mit den Fingernägeln auf Karl von Streichzapfs Tisch.
Die Klasse hielt den Atem an. Nur Suse schluchzte schon wieder.

„… werden die Ferien in diesem Schuljahr ausfallen“, verkündete der Direktor und strahlte über das ganze Gesicht. „Ja, genau! Das ist eine exzellente Idee!“ Er wandte sich dem Briefträger zu. „Wo muss ich unterschreiben, guter Mann?“
Zu Füßen des Briefträgers hatte sich mittlerweile eine große Wasserlache gebildet. Der Mann hielt dem Direktor das Unterschriftenpad hin.
„Hiermit nimmt die Schnittlich-Schule die Herausforderung an!“ Herr Schnittlich unterzeichnete schwungvoll.
Da endlich kam Bewegung in Frau Penne. Wie ein Schüler streckte sie einen Arm in die Luft.
Lächelnd nickte der Schulleiter der Klassenlehrerin zu. „Meine Allerwerteste, Sie haben eine Frage?“
Frau Penne ließ den Arm wieder sinken. „Ich … ich …“ Sie sah zu ihren Schülern. „Alle Ferien? Ich meine, fallen alle Ferien aus?“
Die Kinder begannen aufgeregt zu murmeln.
Schnittlichs lächelndes Gesicht glich immer mehr einer hämischen Fratze. „Natürlich alle Ferien, meine Liebe! Wenn unsere Schüler verlieren, werden sie die Zeit brauchen, um zu lernen. Aber

keine Sorge, meine Allerwerteste, *Sie* können Ihre wohlverdienten Ferien genießen! Ich persönlich werde die Kinder unterrichten. Das ist doch klar!“
Maxe verschluckte sich und musste husten.
Frau Penne begann zu stottern. „Aber … aber … das sind doch meine Kinder! Und ich bin ihre Klassenlehrerin …“ Ihre Stimme versagte.
Der Direktor drehte sich auf dem Absatz um. „Also, Kinder, ab nach Hause! Damit ihr morgen früh pünktlich und fit seid!“
Frieda sprang auf und packte Maxe am Arm. „Komm schon, lass uns abhauen, bevor er sichs noch anders überlegt.“
Maxe nickte. Er musste dringend an die frische Luft. Keine Ferien? So weit durfte es nicht kommen!

Dafür würde er persönlich sorgen!
Kurz warf er noch einen Blick zurück ins Klassenzimmer. Doch der Mann im quietschgelben Anorak schien sich in Luft aufgelöst zu haben. Nur die Wasserlache war noch da.

Mission: Duell der Schulen 505.ZZZ.5/03

MONTAG, 09. SEPTEMBER

LBE:

1 rote Flagge
2 Dosen Fischfutter für Koi-Karpfen
Tarnjacke Model Buschjäger

10:13 UHR. MITTELHAUSEN. BERGWEG.

Der Bergweg befindet sich im Ausnahmezustand. Wie von unserer Wetterfee Petra von der Abteilung für Unvorhersehbares vorhergesagt, befindet sich Sturmtief Gertrud bereits direkt im Anflug! Berechnete Ankunft: 10 Uhr 37. Der Auftrag ist bereits platziert. Habe die netten Fischlein in Nachbar Müllers Garten gefüttert. Es kann also losgehen. Jetzt müssen wir ganz auf die scharfen Augen von Fräulein Geratwol und Herrn Zack vertrauen.

MfG Insp. RR

Mit wehenden Fahnen

Draußen schlug ihnen nicht nur heftiger Wind, sondern auch Regen ins Gesicht.
„Igitt!“, heulte Frieda gegen den Sturm an.
Maxe zog die Kapuze seiner Jacke enger zusammen. „Kannst du mir mal erklären, was da gerade abging?“, keuchte er aufgeregt. „Wer ist dieser Klaas Frost und warum fordert er uns heraus? Und zu was überhaupt?“
„Klaas First“, verbesserte ihn Frieda. „Das ist der Direktor der anderen Schule.“
Sie rannte nun fast und Maxe hatte Mühe mitzuhalten. „Also … meine alte Schule hat öfters

solche Wettbewerbe abgehalten. Ich war immer im Mathe-Team.“

„Im Mathe-Team?“, schrie Maxe entsetzt.

„Die First-Klaas-Schule hat bis jetzt immer gewonnen. In allen Disziplinen und bei allen Wettbewerben“, erklärte Frieda zähneknirschend.

„Und wer ist der Typ, der das Schild geklaut hat, der mit der Maske?“, bohrte Maxe nach.

Frieda zuckte die Achseln. „Keine Ahnung, wie der noch mal heißt, aber er war der Präsident von mindestens drei ihrer Clubs. Mathe, Sport und noch irgendwas …“

„Aber wieso klaut der das Schild der Schnittlich-Schule?“ Maxe wollte den Kerl unbedingt kennenlernen!

„Irgendeine blöde Tradition der First-Klaas-Schule. Immer wenn sie eine andere Schule herausfordern, klauen sie deren Namensschild. Das haben sie damals bei uns auch gemacht. Der Direktor meiner alten Schule war sogar froh darüber. Er meinte, das Schild hätte er noch nie gemocht.“

Maxe blies die Backen auf. „So ’nen Schulleiter hätte ich auch gern …“

Sie waren nun fast am Ende des Bergwegs angelangt; der kleinen Sackgasse am Rande von Mittelhausen, in der Maxe und Frieda wohnten. Friedas Haare tropften und auch Maxe war völlig durchnässt.
„Ja, Herr Schnittlich scheint es nicht so locker zu nehmen“, grinste Frieda. „Bin mal gespannt, wie sauer er erst sein wird, wenn wir morgen haushoch verlieren!“
Ungläubig sah Maxe seine Freundin an. „Wir dürfen nicht verlieren! Sonst fallen alle Ferien aus!“
„Das wird unvermeidbar sein! Du kennst deren Methoden noch nicht …“, seufzte Frieda, während sie sich gegen Maxes Hoftor lehnte. „Die machen uns platt.“
Trotz der Kälte und seiner nassen Klamotten brach Maxe der Schweiß aus. „Das darf doch nicht wahr sein! Es muss einen Weg geben! Irgendwer muss uns helfen …“ Maxe hob den Kopf. „Der Inspektor!“, rief er hoffnungsvoll. „Wir müssen ihn finden!“
Der Inspektor arbeitete bei der Behörde für Langeweilebekämpfung, kurz BfLb. Er hatte sie

schon ein paarmal vor Direktor Schnittlich gerettet. Er – und der geheimnisvolle Aktenschrank, der immer dann auftauchte, wenn sie so richtig in der Patsche saßen.
Frieda drückte sich vom Tor ab. „Vergiss es! Der hat seine Mission doch längst beendet, der kommt nicht mehr. Oder hast du ihn heute schon irgendwo herumschleichen gesehen?“
Maxe dachte nach, bis ihm der Kopf rauchte. In dem Moment fuhr ein heftiger Windstoß in den Baum vor Maxes Haus. Äste schlugen auf die Straße, Blätter flogen durch die Luft. Erschrocken schauten die Freunde hoch.
„Da braut sich ein richtiger Sturm zusammen!“, schrie Maxe gegen den Wind an.
Er liebte Stürme. Schade nur, dass es ausgerechnet an einem Montag nach den Ferien stürmte. Zu gern wäre er morgen früh mit seinem Hundekumpel Makkaroni in den Wald gegangen, um nach Sturmüberbleibseln zu suchen.
Wo er gerade an den Räuber dachte – da hörte er ihn auch schon! Lautes Bellen drang aus Familie Zacks Hofeinfahrt.

Doch bevor er dem Labrador das Tor öffnen konnte, packte ihn Frieda am Arm. „Maxe!", keuchte sie aufgeregt. „Siehst du das auch?"
Er hielt inne und folgte ihrem Blick zu den Bäumen hinter dem Haus. Dort oben, im Wipfel einer Tanne, flatterte eine knallrote Fahne im Wind!
Schwungvoll öffnete Maxe das Hoftor, um Makkaroni herauszulassen und seine Schultasche in die Hundehütte zu pfeffern.
„Das müssen wir uns ansehen!", lachte er fröhlich, während er den überdrehten Hunde-Flummi neben sich kraulte. „Los, Frieda!"
Einen kurzen Moment zögerte sie, doch dann warf auch Frieda ihre Tasche in die Hundehütte. Im Nu hatte sie ihre beiden Freunde eingeholt. „Knutschi wird stinksauer sein, wenn wir sie nicht mitnehmen", rief sie. „Wahrscheinlich beißt sie mir in die Waden, wenn ich nach Hause komme. Sie liebt es, auf Bäume zu klettern!"
Maxe schnaubte. „Katzen! Is ja klar …"
Er war eindeutig ein Hundemensch. Katzen waren ihm nicht ganz geheuer. Auch wenn er zugeben musste, dass Knutschi wirklich cool war. Genau

wie sein Hund Makkaroni hatte Friedas Katze ihnen in den letzten Wochen schon das ein oder andere Mal aus der Klemme geholfen.
„Sie wird uns schon finden …“, beruhigte er Frieda, während er hinters Haus lief.
Die große, breite Tanne mit der roten Flagge stand in der hintersten Ecke von Familie Zacks Grundstück.
Maxe stellte sich auf die Zehenspitzen. „Da, schau mal, da steht doch was drauf, oder?“, rief er. Seine Augen strahlten. „Meinst du, es ist ein neuer Auftrag? Vom Inspektor?“
Schließlich wäre es nicht das erste Mal, dass der Inspektor den Auftrag auf ungewöhnliche Weise bekannt gab!
Frieda stemmte die Hände in die Hüften. „Keine Ahnung, aber da kommen wir auf jeden Fall nicht dran, nicht bei diesem Sturm!“
Maxe machte eine abwehrende Handbewegung. „Ach was! Nichts leichter als das! Wenn du dich nicht traust, kannst du ja hier unten auf mich warten!“ Und schon war er auf den untersten Ast der Tanne geklettert. Wie eine Katze hangelte er

sich den Baum hinauf. Friedas Warnungen blendete er einfach aus. Er war doch kein Anfänger!

Da begann der Baum zu schwanken.

Maxe biss die Zähne zusammen. „Los, für dich ist das ein Kinderspiel!“, spornte er sich selbst an – obwohl ihm schon die Knie zitterten. „Nur nicht nach unten schauen, Maxe, dann kann gar nichts schiefgehen!“

Sein Blick wanderte den Stamm hinauf. Zu seiner Erleichterung stellte er fest, dass ihn nur noch ein paar Äste von der roten Flagge trennten. Er wischte sich das Regenwasser aus den Augen. Dann zog er sich noch einen Meter weiter hoch. Blinzelnd versuchte er, die zerlaufene schwarze Schrift auf dem roten Stoff zu entziffern.

Sehr geehrter Herr Zack,
willkommen zurück! Aus und vorbei ists
mit den Ferien und der Gammelei.

Maxe blies die Backen auf. Na schön, wenn das Inspektor Rumpus' Vorstellung von einem herzlichen Willkommensgruß war, konnte er sich leider nicht darüber freuen. Doch die nächsten Zeilen klangen vielversprechend:

```
Für immer? Ja, wenn Sie jetzt nicht
kämpfen! Für faule Vormittage ungewaschen
im Schlafanzug! Fürs Tagträumen, fürs
Blaumachen, fürs hemmungslose Abchillen!
Gegen Wecker-Terror, ranzige Reclam-Hefte
und verschnarchte Stunden in stickigen
Klassenzimmern! Lassen Sie sich auf
keinen Fall von Ihrem Ziel abbringen. Die
Folgen wären verheerend! Glauben Sie mir:
In einem Jahr ohne Ferien würden Sie bald
aussehen wie Schnittlich selbst. Grau!
Nun haben Sie genau 33,3 Stunden Zeit, um
den Super-GAU zu verhindern. Finden Sie
die gestohlene Namenstafel. Und, Zack -
keine Alleingänge mehr. Mögen die
Spiele -
```

Gerade las Maxe die letzte Zeile, als ein Windstoß in die Tanne fuhr. Erschrocken krallte sich Maxe an einem Ast fest. Dann hangelte er sich noch ein Stück höher in die Spitze des Baums.

Ausrüstung:

Ersatzunterhose

Kerze

Da riss sich die rote Fahne los und wirbelte in den Wald hinein. Mist! Maxe hatte die Liste noch gar nicht zu Ende lesen können!
„Maxe, alles okay da oben?“, hörte er Frieda von unten rufen.
Er drehte sich in ihre Richtung. Schwerer Fehler! Sofort schwankte der Baum zur Seite, immer weiter dem Erdboden entgegen – direkt in Herrn Müllers Garten!
„Aaaah!“, jaulte Maxe. Jetzt hing er wie ein Faultier am Baum!
Unter ihm streckte Frieda die Arme aus und rempelte rückwärts gegen Herrn Müllers Maschendrahtzaun. „Oh verdammt!“, fluchte sie. Maxe versuchte, wieder auf den nassen Ast zu klettern. Die Tannennadeln stachen in seine Hände. Ob er besser springen sollte?

Er drehte den Kopf – und riss die Augen auf. „Oh, no!“
Direkt unter ihm befand sich Herrn Müllers Teich! Dessen japanische Zierfische schwammen träge unter der Wasseroberfläche, während der Regen auf ihre glitschigen Körper prasselte.
Maxe klammerte sich fest. Vergebens! Seine Hände waren einfach zu steif von der Kälte, die Tanne zu nass vom Unwetter. Lange würde er nicht mehr durchhalten.
„Maxe, ich komme!“, schrie Frieda.
Wo war sie? Außer den Karpfen und ihren riesigen Mäulern konnte Maxe nichts mehr erkennen.
Erneut brauste der Wind auf und rüttelte an der

Tanne. Maxe verlor den Halt. Wie ein Käfer plumpste er in den Teich.
Klatsch! Das Wasser spritzte nach allen Seiten. Irgendwas Kaltes schwänzelte über sein Gesicht.
„Igitt!“, kreischte Maxe und rappelte sich hastig auf. Glücklicherweise war der Teich nicht besonders tief.
Da ging eine Tür auf. „Es scheint etwas in den Teich gefallen zu sein. Bestimmt ein Ast“, erkannte Maxe die Stimme seines Nachbarn.
Erschrocken sprang er auf die Füße. Dabei glitten ihm mehrere Fische aus den Falten seiner Jacke. Eins der Viecher landete japsend im Gras.
„Mist!“, stöhnte Maxe, während er vorwärtsstolperte, um den Fisch zu retten.
Dabei rutschte er immer wieder aus, weil der Boden so glitschig war.
„Verdammt!“, fluchte er. Herr Müller musste jeden Moment bei ihm sein.
„Maxe!“, zischte es in dieser Sekunde aus einem der Zierbüsche neben dem Zaun. „Halt dich daran fest!“ Ein langer, dicker Ast klatschte neben ihm ins Wasser.

Triefend und tropfend watete Maxe darauf zu, ohne das Haus der Müllers aus den Augen zu lassen.
„Los, mach schon!“, drängte Frieda.
Hinter dem Zaun stand noch immer Makkaroni und wedelte mit dem Schwanz.
Maxe stöhnte. Mit einer Hand griff er nach dem Stock, mit der anderen versuchte er, seinen Hundekumpel zu vertreiben. Nicht dass Makkaroni sie gleich verriet!
Der hatte aber, genau wie sein Herrchen, vor allem Augen für den Stock. Hechelnd hüpfte er am Zaun auf und ab.
Maxe zog sich ans Ufer, die Fische zwischen seinen Beinen flappten dabei aufgebracht durchs Wasser. Mit einem gewagten Hechtsprung rettete er sich ins Gebüsch. Gerade noch rechtzeitig – denn schon bog Herr Müller um die Hausecke.
Schnell krabbelte Maxe zu Frieda. „Das war knapp!“, flüsterte er und schüttelte sich. So, wie Makkaroni es immer tat, wenn er ein Bad im Schlamm genommen hatte.
Frieda verzog das Gesicht. „Bäh!“, zischte sie und

dann nach einer Pause: „Hör endlich auf zu zappeln, sonst findet er uns gleich!"
„Ich zapple doch gar nicht!", verteidigte sich Maxe halblaut.
„Ach ja, wer raschelt denn sonst hier die ganze Zeit?!", erwiderte Frieda.
Flatsch!
„Iiiiih!", kreischte Frieda laut auf.
Zu ihren Füßen lag ein Fisch und kämpfte um sein Leben. Er musste vom Gras bis in den Busch gehüpft sein!
„Was ist denn hier passiert?", ertönte in dem Moment die Stimme von Herrn Müller. Der Nachbar kickte den Ast zur Seite, der noch immer im Teich hing.
Darauf hatte Makkaroni nur gewartet! Bellend sprang er hinter dem Zaun hoch.
Herr Müller wirbelte herum. „Nanu? Was macht der denn da?", rief er erbost. „Dann ist Maxe sicher auch nicht weit!"
„Oh noooo!", heulte Frieda und schlug die Hände vors Gesicht.
Auch Maxe hielt es nicht mehr aus. Er würde

seinen Hundekumpel auf keinen Fall mit dem Müller alleinlassen! So viel war klar!
Kurz entschlossen packte er Frieda am Arm und den zappelnden Fisch am Schwanz. Dann stürzte er mit beiden aus dem Gebüsch.
„Herr Müller!“, schrie er. „Ein Notfall!“ Maxe hielt seinem Nachbarn den Fisch direkt unter die Nase. Friedas Augen weiteten sich. „Der Sturm hat ihn aus dem Wasser geweht – bis dort drüben ins Gebüsch!“, erklärte Maxe mit ernster Miene. „Wir sind schnell rübergeklettert, um ihn zu retten. Makkaroni hat ihn … äh … erschnüffelt.“
Herrn Müller klappte der Mund auf.
Maxe nutzte den Moment, um den Fisch zurück in den Teich zu setzen. Blitzschnell schwamm der Karpfen davon.
Maxe wollte ebenfalls Land gewinnen, als ihn Herr Müller am Arm packte. „Maxe, du … du …“ Au Backe, das würde Ärger geben! „Du bist ein Held!“, platzte Herr Müller heraus. „Du hast Berta gerettet, meine wertvollste Koi-Karpfen-Dame! Wie kann ich dir das nur jemals danken?“
„Keine Ursache!“, grinste Maxe frech und zog

Frieda hinter sich her in Richtung Straße. „Wenn Sie mich das nächste Mal in Ihrem Garten sehen, denken Sie einfach daran: Ein Fischleben könnte auf dem Spiel stehen!“ Dann rannte er los und ließ seinen Nachbarn einfach stehen.

Mission: Duell der Schulen 505.ZZZ.5/04

MONTAG, 09. SEPTEMBER

LBE:

2 große Baumstämme
13 kleinere Birken

7:50 UHR. MITTELHAUSEN. SCHNITTLICH-SCHULE.

Der Schulhof ist vorbereitet und der Auftrag übergeben. Leider hat Zack nicht mehr die komplette Ausrüstungsliste lesen können. Nun ja, dann muss es eben ohne die Schwimmflügel gehen. Endlich sieht es auf dem schnittlichen Pausenhof mal aus, als könnten Kinder hier Spaß haben! Sehr viel Grün und sehr viel Chaos – etwas zum Toben und Klettern, genügend Verstecke. Unsere Spezialeinheit hat wie immer ganze Arbeit geleistet. Ich lege mich jetzt erst mal auf die Lauer und warte auf die Ankunft von Schulleiter Schnittlich. Den Geheimgang haben wir nämlich offen gelassen … wobei es mir schwerfiel. Zu gern hätte ich mir die Nase dieses Griesgrams für eine Weile erspart. Eingesperrt in seiner eigenen Schule, das würde ihm recht geschehen!

MfG Insp. RR

Total zerstürmt

Maxe konnte die halbe Nacht nicht schlafen. Der Sturm brauste ums Haus und ließ die Äste der mächtigen Eiche schaurig laut übers Kinderzimmerfenster kratzen. Immer wieder hörte Maxe Äste aufprallen und gegens Haus schlagen. Im Hof und im Nachbarsgarten flogen Gegenstände umher.
Als es endlich hell wurde, schob Maxe erleichtert die Decke von sich. Er schlüpfte in seine herumliegenden Klamotten und lauschte. Nichts. Der Sturm hatte sich gelegt.
„Endlich hats aufgehört“, seufzte er erleichtert.

Unten im Flur ertönte ein freudiges Winseln. „Makkaroni!“, jubelte Maxe und stürmte die Treppe hinab. Wenns nach ihm ginge, würde sein Hundekumpel in seinem Zimmer schlafen. Nur leider ging es nicht nach ihm, sondern nach Mama Zack. Und die war wenig begeistert von Hunden in Kinderbetten.
Die letzten Meter rutschte Maxe auf dem Geländer der Treppe nach unten. Direkt vor Makkaronis Hundebett kam er schlitternd zum Stehen. „Na, mein Junge, Lust auf einen coolen Schulwettbewerb? Sicher kann ich dich heimlich einschmuggeln. In dem Getümmel fällst du doch überhaupt nicht auf.“
Während seine Familie nacheinander ins Bad ging, machte Maxe sich nur noch schnell ein Brot mit Schokocreme. Schließlich hatte er es heute eilig! Eine neue Mission stand an und er konnte es kaum erwarten, diese First-Klaas-Kinder kennenzulernen. Ungeduldig sah er auf die Uhr. In zehn Minuten war er mit Frieda verabredet. Er schnappte sich seinen Rucksack, den er schon gestern Abend gepackt hatte.

Maxe zog die Haustür auf – und … „Abgefahren!“, brüllte er.
Über Nacht hatte sich die Hofeinfahrt in die reinste Waldlandschaft verwandelt!
Überall lagen abgebrochene Äste, Laub und Tannenzapfen herum. Maxe spähte übers Garagendach hinüber zum Wald. Direkt hinter dem Zaun war sogar ein ganzer Baum umgestürzt!
„He, Nachbar, ich will heute auf keinen Fall zu spät kommen. Beeil dich mal!“ Friedas brauner Haarschopf tauchte hinter dem Hoftor auf.
Mit ein paar schnellen Sprüngen war Maxe bei ihr, Makkaroni im Schlepptau.
Der Labrador stürzte sich freudig auf Frieda – und seine Freundin ging wie ein gefällter Baum zu Boden. Zum Glück landete sie weich in einem riesigen Haufen Blätter am Straßenrand.
Kichernd schob sie Maxes Hundekumpel von sich. „Schon gut, alter Räuber! Ich weiß genau, wen du suchst!“ Während sie mit einer Hand Makkaroni in Schach hielt, zog sie mit der anderen den Reißverschluss ihrer Jacke auf. Prompt hüpfte ein rot-weiß getupftes Fellknäuel heraus.

„Knutschiii!“, grinste Maxe. Er bückte sich, um Friedas Katze übers Köpfchen zu streicheln. „Sag bloß, du wolltest sie mitnehmen?“
„Ich doch nicht!“ Frieda zwinkerte ihm zu.
„Regel 566: Haustiere sind an der Schnittlich-Schule strengstens verboten …“, zitierte sie eine der abgedrehten Regeln des Schnittlichen Schulregulariums.
Maxe lachte und lief beschwingt den Bergweg hinab. Regel hin oder her. Seit ihrer Entführung im letzten Schuljahr drückte Frau Penne öfters mal ein Auge zu, wenn es um Knutschi und Makkaroni ging.
Frieda seufzte. „Ich fürchte, dir wird das Lachen gleich vergehen.“
„Wie meinst du das?“, fragte Maxe.
„Na ja, wenn du glaubst, der Wettkampf mit der First-Klaas-Schule wäre besser als Unterricht bei der Penne, hast du dich getäuscht“, meinte Frieda zähneknirschend.
Maxe schluckte. „So schlimm?“
„Schlimmer.“ Frieda stopfte Knutschi zurück in ihre Jacke.

Schweigend brachten sie den restlichen Schulweg hinter sich.
Zusammen mit ein paar anderen Kindern betraten sie das Schulgelände. Fast hätte Maxe vor lauter Freude geschrien. Der Pausenhof war praktisch unpassierbar! Und das Beste: Vor dem Haupteingang lag ein umgestürzter Baum und verbarrikadierte die Tür! Auf den Stufen davor stand – völlig aufgelöst – ihre Klassenlehrerin und raufte sich die Haare.
„Ein Ssschlachtfeld!“, gackerte Pascal übermütig, als er hinter den Freunden durchs Stahltor trat. „Ssso ssschnell kommen wir da nicht mehr rein!“
„Und Schnittlich nicht raus!“, lachte Felix.
Frieda runzelte die Stirn. „Aber wo kommt der Baum überhaupt her? Hier auf dem Schulhof gibts doch gar keine Bäume!“
Doch außer Frieda schien das niemanden zu stören. Die Kinder rannten aufgeregt über den Pausenhof, kletterten über Äste und balancierten über Baumstämme.
„Was ist denn hier los?“ Wie aus dem Nichts tauchte Direktor Schnittlich hinter einem

Dornbusch auf. Seine Perücke hing schief und an seinen Schuhen klebte Dreck.
Maxe schnüffelte. Ganz eindeutig: Es roch nach Geheimgangmief! Sein Blick glitt zum Dornbusch. War dort ein Ausgang?
In dem Moment tauchte hinter Schnittlich ein großer, dünner Mann auf.
„Ähm … äh …“, räusperte sich der Fremde.
Ein paar der Kinder kicherten und auch Maxe musste grinsen. Der Mann sah witzig aus: Er hatte einen langen gezwirbelten Schnauzbart und trug eine Militärjacke, die an den Armen viel zu kurz war.
Schnittlich wirbelte herum. „Wer sind Sie? Was wollen Sie auf meinem Schulgelände? Das ist Privatgrund! Ohne eine ausdrückliche Genehmigung von mir haben Sie hier nichts zu suchen – wer auch immer Sie sind!“
Herr Schnauzbart kletterte umständlich über einige Äste. Mit seinen schweren Stiefeln machte er einen Höllenlärm. „Guten Morgen, Rekruten! Mein Name ist Schrischenkow – General Schrischenkow. Ich bin hier, um den Wettbewerb

zu … übersehen! Und Sie sind?“, fragte er mit wippendem Schnauzer und zückte ein Klemmbrett mit Stift.

Die Kinder und sogar Frau Penne kamen nun neugierig näher.

„Schnittlich, Schulleiter Schnittlich.“ Der Direktor kniff die Augen zusammen. „Von einem Aufseher weiß ich ja gar nichts.“

Doch der General ließ sich nicht aus dem Konzept bringen. „Der Wettbewerb findet auf gar keinen Fall in diesem Chaos statt! Hier kann die Sicherheit der Kinder nicht gewährleistet werden.“

Argwöhnisch stieß er einen großen Ast mit dem Stiefel an. „Wir müssen umdisponieren!“

Maxe runzelte die Stirn. Er verstand nur Bahnhof! Hieß das etwa, sie mussten zurück in die Folterkammer und den Test fertig schreiben?

„Aber, mein lieber Herr! Wir können doch die Lage … bereinigen. Wir haben genügend Kinderhände zur Verfügung!“, warf der Direktor ein.

Ausnahmsweise war Maxe mal ganz Schnittlichs Meinung! Er würde lieber Bäume schleppen, als

den Test weiterzuschreiben. Hoffnungsvoll blickte er zum Schulleiter.
„Die Ehre meiner Schule steht auf dem Spiel! Wir können den Wettbewerb nicht absagen!"
Schnittlichs Stimme überschlug sich vor Aufregung.
Doch der Schiedsrichter winkte ab. „Sie haben mich falsch verstanden, Oberst Schnittlich! Der Wettbewerb *wird* stattfinden, und zwar noch heute. Nur eben nicht hier … auf diesem vollkommen zerstörten Schulhof!"
Die Kinder atmeten erleichtert auf. Maxe fiel ein Stein vom Herzen.

Schwungvoll zog der Schnauzer eine große altmodische Landkarte aus der Innentasche seiner Militärjacke. „Um elfhunderteinundzwanzig Stunden treten bitte alle Teilnehmer an diesem Ort an.“ Sein Finger bohrte sich in die Karte.
„Im Tal der trüben Teiche?“, stotterte der Schulleiter. Schweißperlen traten ihm auf die Stirn. „Das ist ja, das ist ja … ungeheuerlich, einfach unfassbar!“
Schrischenkow unterbrach ihn barsch. „Zuspätkommer werden disqualifiziert!“ Damit schlug er die Absätze seiner Stiefel zusammen. Einen kurzen Augenblick ruhten seine hellblauen Augen noch auf den Kindern, dann marschierte er über die herumliegenden Äste davon.

Mission: Duell der Schulen
505.ZZZ.5/05

DIENSTAG, 10. SEPTEMBER

LBE:

1 Schwimmweste
Safari-Ausrüstung
1 Überlebensset
2 Zelte
1 GPS-Gerät
1 Gabelstapler
1 Baumschubser

8:30 UHR. MITTELHAUSEN. SCHNITTLICH-SCHULE.

Während sich die beiden Klassen schon mal gegenseitig abschätzen können, werde ich das Wettkampfgelände sondieren. Mal sehen, wie weit das Team für Sondereinsätze schon gekommen ist! Viel gabs ja nicht zu tun. Nur ein paar Flüsse umleiten, Berge versetzen und Seen trockenlegen. Kinderkram.

Mit freundlichen Grüßen
Insp. RR

„Wie bitte?“, wiederholte Maxe. „Um elfhunderteinundzwanzig Stunden? Ich verstehe nur Bahnhof!“

„Das ist Militärzeit“, erklärte Frieda. „Wir sollen um 11:21 Uhr im Tal der trüben Teiche sein.“ Ihr Blick wanderte zur Straße, wo gerade ein Bus mit quietschenden Reifen hielt.

Schlagartig wurde sie kreidebleich. „Sie sind da“, flüsterte sie ehrfürchtig.

Beim Anblick des Schulbusses musste selbst Maxe schlucken. Das blitzblanke Fahrzeug glitzerte in der Morgensonne. Es war nicht nur nagelneu,

sondern auch unfassbar protzig. Unter der verdunkelten, windschnittigen Fensterfront prangte das Logo der First-Klaas-Schule – ein ineinander verschlungenes F und K.
„Krasssss!", lispelte Pascal. Neugierig drängte er sich nach vorn. „Der sssieht ja ausss wie der Busss der Fußßßball-Nationalmannssschaft!"
Da glitt – vollkommen lautlos – die vordere Bustür auf und ein Kind stieg aus.
Maxe musste husten. „Was ist denn das fürn Typ?"
Das Kind, das geradewegs auf das Tor zulief, trug einen dunklen Anzug. Hinter ihm sprangen weitere Kinder aus dem Bus. Die Jungen trugen türkise Polohemden und strahlend weiße Hosen, die Mädchen rosa Polohemden und weiße Röcke.
„Krass, voll die Barbies!", kicherte Felix.
Dann wurde es mit einem Mal totenstill auf dem Schulhof. Selbst Makkaroni hörte auf zu bellen und nach dem Stock in Maxes Hand zu schnappen. Verwundert drehte sich Maxe um. Aha, Direktor Schnittlich war im Anmarsch! Und seine Miene verriet nichts Gutes.

Der Junge im Anzug grinste breit. Doch es war kein freundliches Grinsen.
Von Nahem betrachtet sah er auch nicht mehr ganz so jung aus. Wie alt er genau war, konnte Maxe schwer sagen. Eine nachtschwarze Sonnenbrille verdeckte den Großteil seines Gesichts.
Der Junge schob sich an den Kindern vorbei und schlug dem Direktor lässig auf die Schulter. „Hey, Schnittlich, Alter, so nice, dass wir uns mal wieder treffen!“ Er senkte die Stimme. „Hoffe, du hast dich warm angezogen heute Morgen – meine Schüler machen euch gleich kalt!“
Maxe riss die Augen auf. Wie? Wo? Was jetzt?

Was wurde denn hier gespielt?
In dem Moment ertönte ein Schrei, gefolgt von einem lauten *Rums.*
Frau Penne, ihre Klassenlehrerin, war über einen Ast gestolpert und zu Boden gegangen.
Blitzschnell war der Junge im Anzug an ihrer Seite. „Meine Liebe, lassen Sie mich Ihnen helfen!“, sagte er höflich. „Mein Name ist Klaas First der Dritte, Schulleiter der First-Klaas-Schule.“ Er beugte sich nach vorn, griff nach Frau Pennes Hand und drückte einen dicken Schmatzer drauf.
Da verzog selbst Karl von Streichzapf angewidert das Gesicht!

Kopfschüttelnd warf Maxe den dicken Stock, den er noch immer in der Hand hielt, hinter sich. Was ging denn hier ab? Dieser komische Junge, kaum älter als er selbst – na gut, vielleicht war er auch schon über 18 –, war Schulleiter dieser Schule?! Maxe schüttelte noch immer ungläubig den Kopf, als plötzlich mehrere Dinge auf einmal passierten. Während Frau Penne die Augen verdrehte und zurück auf den knacksenden Ast sackte, hörte Maxe hinter sich ein lautes *Klong.* Dann zischte, spritzte und bellte es, mehrere Kinder schrien entsetzt auf.
Maxe wandte langsam den Kopf.
„Oh, Mist!“, hörte er Frieda da auch schon keuchen. Das waren ihre ersten Worte, seitdem der Bus gehalten hatte.
Maxe war sich unsicher, ob er lachen oder weinen sollte. Denn hinter ihm standen die Schüler der First-Klaas-Schule, von Kopf bis Fuß mit Matschspritzern übersät! Zu verdanken hatten sie die Schlammdusche Maxes Hundekumpel Makkaroni, der mit wedelndem Schwanz – Stock im Maul – vor der Besuchergruppe stand. Sein

hellgelbes Fell war jetzt mindestens genauso braun wie die Pfütze zu seinen Pfoten und die Klamotten der First-Klaas-Kinder.
Felix und Pascal gackerten schadenfroh drauflos.
Doch die First-Klaas-Schüler verstanden keinen Spaß.
„Wem von euch Rotzgören gehört das Vieh?“, zischte ein großer blonder Junge und stapfte wütend auf Makkaroni zu.
Maxes Hundekumpel zog winselnd den Schwanz ein und versteckte sich hinter seinem Herrchen.
„Mir“, seufzte Maxe. „Tut mir leid, ich hätte wissen müssen, dass er dem Stock hinterherjagt.“
Er streckte dem fremden Jungen die Hand entgegen. Dabei ignorierte er den seltsamen Zappeltanz, den Frieda neben ihm aufführte.
„Maxe Zack, und wer bist du so?“
Der blonde Typ musterte Maxe mit kaltem Blick.
„Du bist tot, Alter, und dein Hund mit dir!“ Dann drehte er sich um und marschierte mit den anderen Kindern zurück zu ihrem glänzenden Gefährt.
Frieda stieß zitternd die Luft aus. „Du hast nicht zufällig einen Fluchtwagen mit Fahrer in der Nähe?“

Maxe runzelte die Stirn. Das war selbst für Frieda eine echt abgedrehte Frage. „Hä? Wieso?“ Er suchte ihren Blick.
Doch seine Freundin starrte noch immer dem blonden Jungen hinterher, der sich nun am Gepäckfach des Busses zu schaffen machte. „Du solltest unbedingt das Land verlassen“, murmelte Frieda.
„Ach so, nee vergiss es …“ Endlich blickte er's. Frieda machte sich Sorgen um ihn! „Ich komm schon klar, die bluffen sicher nur. So 'ne Show wegen ein bisschen Dreck …“ Maxe kicherte – aber Frieda lachte nicht.
„Kinder!“, schallte Schnittlichs Stimme über den Hof. „Schulleiter Klaas … äh … Schulleiter First … und ich haben uns geeinigt. Wir treffen uns in einer Stunde im Tal der trüben Teiche. Genau so … ähm … machen wir das … sehr gut, sehr gut …“ Der Direktor kratzte sich am Kopf und trippelte ziellos auf der Stelle herum, bevor er mit einem Hechtsprung in einem der Büsche abtauchte.
Maxe grinste. Dieser halbwüchsige Schulleiter

schien Herrn Schnittlich ja ganz schön zuzusetzen. Egal, was seine Freundin dachte: Maxe war sich plötzlich sicher, dass der Wettbewerb ein Heidenspaß werden würde!

Mission: Duell der Schulen 505.ZZZ.5/06

DIENSTAG, 10. SEPTEMBER

LBE:

Militärjacke
Feldstiefel
Megafon
124 Meter rot-weißes Flatterband

10:41 UHR. PARKPLATZ. TAL DER TRÜBEN TEICHE.

Alle Mann in Position! Uff, das ist geschafft. Die Wegweiser sind verteilt und der Parcours gerichtet. Jetzt müssen nur noch Zack und Geratwol eintreffen. Wo die wohl wieder stecken? Wahrscheinlich wie immer in Schwierigkeiten. Diese First-Klaas-Schüler sind ja auch wirklich ein fieser Haufen. Mit denen legt man sich lieber nicht an.

Mit freundlichen Grüßen
Insp. RR

Das Tal der trüben Teiche

Da sind wir“, sagte Maxes Mutter und hielt vor der großen Schranke, die den Parkplatz vom Waldweg trennte.

Maxe sprang zusammen mit seinem Hundekumpel aus dem Kombi und schlug krachend die Tür zu. Nichts wie weg hier – bevor seine Mutter noch auf die Idee kam, ihn abzuknutschen!

Frieda öffnete die Tür, machte aber keine Anstalten auszusteigen. „Danke, Frau Zack, das war wirklich sehr nett von Ihnen, mich mitzunehmen.“

Maxe blies die Backen auf. So kannte er seine

Freundin gar nicht. Fast schien es, als würde Frieda gleich wieder nach Hause fahren wollen! Schön, dann würde er eben allein losziehen.
Neugierig schob er sich an der Schranke vorbei. Komisch, dass kein anderes Auto hier parkte … Wo waren ihre Mitschüler und wo blieben die First-Klaas-Kinder?
Direkt hinter der Schranke befand sich ein verwitterter Wegweiser zum „Tal der trüben Teiche“. Während Makkaroni im Gebüsch verschwand, schulterte Maxe seinen Rucksack und stapfte los.
„He, jetzt warte doch mal. Warum hast du es denn so eilig?“, hörte er da Frieda hinter sich rufen.
Maxe blieb stehen. „Warum bist du auf einmal zur Heulsuse mutiert?“ Er konnte beim besten Willen nicht verstehen, warum sich Frieda von diesen aufgeplusterten First-Klaas-Schülern so einschüchtern ließ! „Wo ist denn eigentlich unsere Klasse?“
Frieda zuckte mit den Achseln. „Ich glaube, ich hab Pascal lachen gehört. Die anderen sind sicher schon unten beim alten Pfadfinder-Camp. Das liegt

direkt am Ufer von einem der Seen … Hab ich vorhin im Internet gecheckt." Nun klang Frieda wieder ein wenig mehr wie sie selbst.
„Und was hast du noch gefunden? Gibts da irgendwelche spannenden Geschichten drüber?"
„Wahhhhh!" Eine Gestalt sprang aus dem Gebüsch neben Maxe. „Sssicher gibtsss da ganzzz viele Moorleichen im Wassssser!", kreischte Pascal.
Weder Maxe noch Frieda zuckten mit der Wimper.
„Hey, ihr ssseid ja doof! Ich wollte euch erssschrecken!", maulte ihr Mitschüler.
Frieda seufzte. „Dann darfst du nicht so laut lachen in deinem Versteck!"
Pascal grunzte empört.
Gemeinsam liefen sie den Waldweg hinunter, bis sie zu einer großen Lichtung kamen.
„Seht ihr, da sind wir schon", sagte Frieda.
Maxe blickte sich um. Vor ihnen erstreckte sich eine große Wiese, die hinunter zu einem kleinen, dunklen See führte. Über dem See hingen dicke Nebelschwaden. Am Ufer befand sich ein Camp mit mehreren Holzhütten.
Maxe strahlte. „Abgefahren!"

„Wie in einem Grussselfilm!“, freute sich auch Pascal.
Sie überquerten die Wiese und hielten auf die Holzhütten zu.
„Team-Versammlung in einer Minute!“, schepperte es in dem Moment durch irgendeinen Lautsprecher.
Die Freunde fuhren herum. Zwischen den Hütten war Stimmengewirr zu hören. Sie erspähten einige Kinder, aber niemanden, den sie kannten. Die Kinder trugen alle weiße Hosen und Röcke.
„Die First-Klaas-Schule ist schon da“, bemerkte Frieda tonlos.
Maxe preschte vorwärts. „Super, dann kanns ja endlich losgehen!“ Er folgte den Stimmen bis zu einem schlammigen Platz in der Mitte des Camps.
„Was geht denn hier ab?“, rief er erstaunt.
Zwischen den Holzhütten parkte, ganz selbstverständlich, der glänzende Mannschaftsbus der First-Klaas-Schule.
„Da war doch eine Ssschranke im Wald!“, beschwerte sich Pascal. „Wiessso dürfen die direkt bis zzzum Sssee runterfahren?“

„Vielleicht weil …“ Maxes Antwort ging im Geschrei der anderen Klasse unter.
„Eins, zwei, drei – wer ist hier dabei? Vier, fünf, sechs – wir brüllen wie T-Rex! Sieben, acht, neun – wir schicken euch jetzt heim!“, schrien die First-Klaas-Kinder und stellten sich in einer Reihe neben ihrem Bus auf. Zu Maxes Erstaunen trugen alle wieder makellos saubere Klamotten.
„Abgefahren“, flüsterte er.
Frieda schnappte nach Luft. Sie war kreidebleich.
„Pst, Frieda! Das ist unsere Chance!“, zischte Maxe. Er deutete zum Bus. „Solange die ihren Stepptanz aufführen, können wir uns da drin mal umsehen … Du weißt schon, wegen unseres Auftrags.“
Frieda riss entsetzt die Augen auf. „Bist du lebensmüde? Du hast den Kerl heute Morgen doch gehört!“
„Und wasss issst mit mir?“, mischte sich Pascal ein. „Ich will mitkommen!“
Maxe wurde ungeduldig. Frieda und er waren ein Team! Warum stellte sie sich denn auf einmal so an? Er wandte sich Pascal zu. „Du bist für das

Ablenkungsmanöver zuständig, so wie immer. Frieda kommt mit mir!“ Entschieden griff er nach ihrer Hand und zog sie mit sich.

Pascal strahlte wie ein Honigkuchenpferd. „Ich bin für dasss Ablenkungsssmanöver zzzussständig! Ssso wie immer …“ Dann lief er auch schon los, direkt auf die First-Klaas-Schüler zu.

Maxe hatte keine Zeit, Pascal im Auge zu behalten. Er brauchte seine ganze Kraft, um seine störrische Freundin hinter sich herzuschleifen. Ein Glück, dass er nicht auch noch Makkaroni überreden musste! Der hüpfte wie immer begeistert neben ihm her.

„Maxe, hast du den Verstand verloren?“, wehrte sich Frieda, den Blick starr auf die gegnerischen Schüler gerichtet.

Maxe zerrte sie zurück hinter den Bus. „Jetzt chill mal, wir sind schneller wieder draußen, als diese Streber da einen Salto rückwärts schlagen können!“ Auf leisen Sohlen huschte er auf die andere Seite des Busses, Richtung Fahrertür.

Bingo! Die Tür stand offen!

Maxe tätschelte seinem Hund den Kopf.

„Makkaroni, du musst hier warten, mach schön Sitz!“ Dann schlich er die Stufen hoch, rutschte über den Fahrersitz und lugte nach hinten. Niemand zu sehen!
„Drinnen ist keiner“, zischte er Frieda zu. „Komm, das ist unsere Chance!“ Mit diesen Worten verschwand er im Gang.
„Eins, zwei, drei!“, grölten die First-Klaas-Schüler noch immer. „Seid ihr da…ahhhhh!“
Laute Hiphop-Musik ertönte. Maxe linste unauffällig aus dem Fenster.
Pascal hatte sein Handy auf die Erde gestellt und machte die Robbe! Bäuchlings lag er auf dem Boden, die Hände an den Füßen, und wackelte auf und ab. Wie in dem einen Video, das Maxes große Brüder so cool fanden.
„Ob das so eine gute Idee ist?“, wisperte Frieda hinter ihm.
„Das ist total spitze!“, flüsterte Maxe. „Solange Pascal die Robbe macht, achtet niemand auf uns!“
Staunend schaute er sich im Bus um. „Was für eine abgefahrene Kiste! Warum haben wir nicht so einen Bus?“

„Ich weiß nicht …“ Frieda ließ die Tür nicht aus den Augen.

Maxe bückte sich, um unter die hellen Ledersitze zu schauen. „Dieser große Blonde – wie heißt der?“, nuschelte er unterm Sitz hervor.

„Bosse!“, seufzte Frieda. „Und der macht Kleinholz aus uns, sollte er uns hier drin …“

Maxe tauchte wieder auf. „Wird er aber nicht!“ Er hielt eine Tasche in der Hand. „Vielleicht ist das Schild ja hier drin?“ Neugierig zog Maxe am Reißverschluss.

„Lass das!“, quiekte Frieda. „Nie im Leben passt unser Schild da rein!“

„Hast recht.“ Maxe pfefferte die Tasche zurück unter den Sitz und überlegte.

Wo könnte man hier eine Namenstafel verstecken?

Na klar, oben im Gepäckfach!

Er stellte sich auf die Zehenspitzen und wühlte zwischen den Rucksäcken herum.

„Hier, das sieht groß aus!“, zischte er Frieda zu. Aufgeregt zerrte er einen weißen Seesack herunter.
„Ähm … Maxe?“, wisperte Frieda.
„Gleich, ich …“ Maxe versuchte, einen harten Gegenstand ganz unten im Sack zu erwischen. Doch da rempelte Frieda gegen ihn.
„Was ist denn …“ Er ließ den Sack auf einen der Sitze plumpsen und schaute auf.
„Upsi …“ Maxes Herzschlag setzte einen Moment aus.
Im Mittelgang stand, groß und breit, der blonde Junge vom Schulhof.
„Ich glaube nicht, dass ihr hier drinnen was zu suchen habt!“, bellte er.

„Was ist denn los, Bosse? Lass mich mal durch, ich will mir noch einen Pullover holen!“ Hinter Bosse kam noch ein Junge in den Bus gestiegen. Er war mindestens genauso groß, allerdings ein bisschen schmaler gebaut. Seine Nase schien schon ein paarmal gebrochen zu sein – Maxe sprach da aus Erfahrung. Natürlich hatte er sich die Nase auch schon mal zertrümmert, beim Sturz von einem Baum.

„Wir haben Gäste, Viktor“, lachte Bosse böse, „und die sollten wir gebührend empfangen.“

Mission: Duell der Schulen
505.ZZZ.5/07

DIENSTAG, 10. SEPTEMBER

LBE:

Ersatz Militärjacke
Ersatz Feldstiefel
Wasserfester Schnauzbart
1 Tüte wasserfeste Gummibärchen

11:27 UHR. FREIZEITCAMP. IM TAL DER TRÜBEN TEICHE.

Na schön! Bei dem Fluss habe ich es vielleicht ein ganz klitzekleines bisschen übertrieben. Aber wer kann denn wissen, dass er gleich so über die Ufer tritt? Nun werde ich mich erst einmal auf die Lauer legen. Irgendwie werde ich nämlich das Gefühl nicht los, dass mich jemand verfolgt …

MfG Insp. RR

Allzeit bereit!

Maxe sah sich panisch um. Dieser verdammte Hightech-Bus hatte doch sicher einen Notausstieg! Nur wo? Sie mussten schleunigst hier raus!
„Schau mal, Viktor, der Kleine da macht sich gleich in die Hose!“, grinste Bosse gehässig, während er langsam näher kam.
Frieda stolperte rückwärts und hielt sich in letzter Sekunde an einer Sitzlehne fest.
„Dich kenn ich doch!“, rief Bosse.
Frieda erstarrte.
„Ja, genau!“ Bosses Gesicht färbte sich rot vor Wut.

„Du bist doch das freche Mädchen, das bei diesem Mathewettbewerb die Klappe nicht halten konnte."
Viktor schob Bosse neugierig zur Seite. „Du meinst die, die dich fertiggemacht hat? Bei dieser schweren Aufgabe mit den Kühen und den Milchflaschen …"
„Halt die Klappe, Vik! Niemand hat mich je fertiggemacht!", brüllte Bosse und schubste Viktor zurück.
Maxe nutzte den Moment, um einen Blick nach oben zu riskieren. Und tatsächlich! Direkt über ihm befand sich ein Dachausstieg. Bingo!
Gerade packte Bosse seinen Mitschüler am Kragen. Das war die Chance!
Maxe kicherte. „Echt jetzt, Viki? Erzähl mal! Wenn Frieda gewonnen hat, will ich wissen wie!"
Frieda riss entsetzt die Augen auf.
Doch bevor der arme Viktor den Mund öffnen konnte, warf sich Bosse brüllend auf ihn.
Zufrieden sprang Maxe auf den Sitz schräg unter der Luke und zog an dem dazugehörigen Nothebel.

Nix passierte. Die Luke bewegte sich keinen Millimeter.
„Hier drüben!“, zischte Frieda hinter Maxe.
Ein schneller Blick zu Bosse und Viktor verriet ihm, dass die beiden noch beschäftigt waren. Leise sprang er zurück in den Gang und flitzte weiter nach hinten. Da packte ihn jemand am Arm und zog ihn die Stufen zum Klo hinunter.
Beinahe prallte Maxe gegen einen schweren Metallkasten.
„Schau mal, er ist wieder da!“, verkündete seine Freundin erleichtert. „Ich hab nur auf die Schnelle noch keins der Fächer öffnen können!“
Maxe hätte am liebsten einen First-Klaas-Salto geschlagen. Zum Glück war auf den klobigen Kasten der BfLb Verlass! Kaum saßen sie in der Tinte, tauchte das Ding auf. „Abgefahren!“ Maxe hämmerte wild auf die Fächer ein – er konnte es kaum erwarten! Was würde sich diesmal in den nummerierten Schubladen befinden? Wieder Schleim? Oder Juckpulver? Zu gern hätte er gesehen, wie Bosse und Viktor sich heulend kratzten!

WC
Schnittlich
Schule

Doch wie immer öffneten sich die Schubladen nicht von allein. Maxe und Frieda klopften und trommelten gegen den Schrank. Ihnen lief die Zeit davon. Ungeduldig schlug Maxe mit der schweißnassen Stirn gegen das Fach mit der Nummer 52. *Kling! Klang! Klong!*, schepperte es aus dem Schrank. Maxe blieb gerade noch genug Zeit, den Kopf zurückzuziehen, bevor ihn die aufspringende Schublade skalpierte.
Frieda zog eine kleine Dose hervor.
Maxe stöhnte. „Was ist denn das schon wieder?"
„Keine Ahnung, aber wir werden es gleich wissen!" Seine Freundin versuchte den Deckel aufzuschrauben.
Plötzlich fiel ein Schatten auf sie. „Glaubt nicht, wir hätten euch vergessen!", zischte Bosse. „Wir haben uns nur warm gemacht."
Da klappte der Deckel der Dose auf. Eine Wolke schwarzer Rauch schoss heraus.
„Wahhhh!", kreischten alle vier Kinder gleichzeitig. Frieda schleuderte die Dose von sich. Sofort wurde es stockdunkel im Bus. Dicke Rauchschwaden waberten durch die Sitzreihen.

„Komm schon, Frieda, nix wie weg hier!“ Maxe packte seine Freundin am Arm und tastete sich an den Sitzlehnen entlang in Richtung Ausgang. Als sie die erste Reihe erreichten, heulte eine Sirene auf. Wasser spritzte von der Decke.
„Igitt!“, quietschte Frieda und sprang ins Freie, wo sie freudig von Makkaroni begrüßt wurde.
„Das war knapp!“, keuchte Maxe.
„Haha, diese zwei Dumpfbacken hatten echt mal ’ne eiskalte Dusche verdient!“, grinste Frieda, auf einmal wieder ganz sie selbst.
„Du hast sie also schon einmal besiegt!“, stellte Maxe ein wenig beleidigt fest. „Warum hast du das denn nicht gesagt?!“
Frieda ließ die Schultern hängen. „Weil sie mir danach das Leben zur Hölle gemacht haben. Oder warum, glaubst du, hat es mir überhaupt nichts ausgemacht, von meiner alten Schule auf die Schnittlich-Schule zu wechseln?“
Ja, das war tatsächlich eine gute Frage. „Ich dachte, da wars dir zu langweilig.“ Maxe grinste.
Nun musste auch Frieda lachen. „Ja, genau! Apropos: Wollen wir mal unsere Klasse suchen?“

Maxe nickte. „Erst einmal steht es eins zu null für uns, würde ich sagen!“
Während die First-Klaas-Schüler noch immer wie ein Haufen aufgeregter Ameisen um den Bus herumliefen, schlichen sich die Freunde zu ihren Mitschülern hinüber.
Die Klasse wartete schon zwischen den Hütten am Seeufer. Allein Pascal würdigte ihre Ankunft mit einem frechen Grinsen und zwei Daumen nach oben.
Frau Penne hatte wie immer nichts bemerkt, genauso wenig wie ihre Mitschüler. Die langatmigen Erklärungen der Lehrerin hatten sie mal wieder ins Schlummerland geschickt. Den Kopf gegen das morsche Holz der Hütten gelehnt, dösten sie müde vor sich hin.
„Ihr müsst den Parcours bis heute Abend hinter euch gebracht haben“, leierte Frau Penne. „Und wenn ihr als Erstes durchs Ziel kommt, habt ihr gewonnen!“
„Und was ist dieser Parcours?“, meldete sich Maxe.
Frau Penne warf ihm einen verwirrten Blick zu.

„Na, ihr wandert einen Pfad entlang und müsst laufen … vielleicht mal ein bisschen schneller und dann wieder ein bisschen langsamer."
Maxe runzelte die Stirn. Das klang aber nicht nach einem Wettkampf … eher nach einem Wandertag im Grünen. Laaaahm ohne Ende!
Frau Penne zog einen Papierfetzen aus ihrer Jackentasche. „Ach ja, ganz wichtig. Hier ein paar Regeln, die unser Schulleiter noch schnell zu eurem Wohl aufgestellt hat!"
Fast durchbohrte ihre kleine Nase die Seite. „Nun denn, es geht los … Regel Nummer 1: Es wird nicht gerannt! Regel Nummer 2: Es gibt kein Haareziehen, keine Faustkämpfe, kein Beinestellen und generell keinen Spaß …"
„Wo ist eigentlich Herr Schnittlich?", fragte Frieda dazwischen. Offenbar hatte selbst Streber-Frieda heute keine Lust auf neue Schulregeln.
„Herr Schnittlich ist für die nächsten paar Stunden leider verhindert!" Frau Penne machte ein bedauerndes Gesicht. „Aber er wird euch natürlich zu eurem Sieg gratulieren, sobald ihr wieder in der Schule seid."

Elinore gähnte und ließ sich erschöpft ins Gras fallen. „Es ist noch viel zu früh zum Wandern!"
„Wird es denn beim Wettbewerb auch einen Sonderpreis für den besten Schüler geben?", fragte Karl von Streichzapf.
Frieda grunzte. Maxe rollte die Augen.
„Wenn du derjenige sein solltest, mein lieber Karl, bin ich mir sicher, der Schulleiter wird deine Leistung gebührend würdigen!", antwortete Frau Penne.
„Ja, und wenn ich's bin, dann gibts höchstens 'nen Klassenbucheintrag ...", murmelte Maxe.
Plötzlich knackte es im Gebüsch hinter der Lehrerin. „Allzeit bereit!", dröhnte es durchs Geäst.
Frau Penne fiel fast in Ohnmacht vor Schreck.
Herr Schrischenkow hechtete nach vorn, um der Lehrerin zu Hilfe zu eilen. „Eine Dame in Nöten? Ich bin zur Stelle!", erklärte der Schnauzbärtige und hob sein Megafon. „Alle Mann in Position! Der Wettbewerb beginnt sogleich, um Punkt 1131!"
Träge rappelten sich die Kinder auf.

„Hab ich was verpasst?“, gähnte Elinore.
Suse, die neben ihr stand, kamen die Tränen. „Der Parcours wird furchtbar!“, heulte sie. „Es gibt Faustkämpfe, Tauziehen und Wettrennen! Den Rest weiß ich nicht mehr ...“ Sie hob ihren rosa Faltenrock hoch. „Ich bin total falsch angezogen!“
Elinore gähnte noch einmal. „Da mache ich nicht mit.“
„Abmarsch, Kinder!“, rief Frau Penne, nun sichtlich gestresst. „Wir wollen doch nicht zu spät kommen, oder?“
„Zuspätkommen gibts nicht! Auf zum See, macht euch bereit für den Startschuss!“, schmetterte Herr Schrischenkow durchs Megafon, sodass es Frau Penne die Haare aus dem Gesicht blies. Während der Schiedsrichter hinab zum Seeufer stapfte, zwinkerte er Maxe und Frieda aus seinen hellblauen Augen verschwörerisch zu.

Mission: Duell der Schulen 505.ZZZ.5/08

DIENSTAG, 10. SEPTEMBER

LBE:

12 Tüten Instant-Matsch
Matschhose Größe XXXL
1 Nebelscheinwerfer
Militärjacke in Schlammgrau

12:42 UHR. SCHLAMMLOCH. TAL DER TRÜBEN TEICHE.

Liege auf meinem Beobachtungsposten. Zack und seine Truppe sind im Anmarsch. Was mich allerdings verunsichert: Diese First-Klaas-Schüler sind ihnen schon jetzt weit voraus! So wird das nichts. Ich glaube, ich muss der Schnittlich-Klasse Beine machen. Oh, aber was ist das? Ich sehe eine Gestalt im Nebel … Oh nein, wie grauenvoll! Das muss ich mir ansehen. Ich melde mich wieder, wenn ich mehr weiß.

Mit freundlichen Grüßen
Insp. RR

Schlammschlacht

Ein rot-weiß gestreiftes Flatterband hing träge zwischen zwei Bäumen und markierte die Start- und Ziellinie. Davor standen schon die First-Klaas-Schüler in Reih und Glied. Kampflustig starrten sie ihren Gegnern entgegen.

„Die … die sehen aber gar nicht freundlich aus!“, stammelte Karl von Streichzapf.

Maxe war wie immer wenig beeindruckt. Neugierig reckte er den Kopf. Hinter dem Absperrband führte ein schmaler Trampelpfad in den Wald hinein. Enttäuscht sah er zu Frieda. „Ich glaube, wir gehen echt nur wandern!“

Makkaroni schien da anderer Meinung zu sein. Ohne auf Maxe zu warten, nahm er Anlauf und sprang mit einem riesigen Satz in den See.

Klatsch!

Im selben Moment ertönte der Startschuss.

„Mögen die Spiele beginnen!“, schmetterte der Schiri durch sein Megafon, während die First-Klaas-Kinder bereits gekonnt über die Absperrung sprangen.

„Hä? Gehts denn schon los?“, fragte Elinore verwundert, als Frau Penne an ihr vorbei durchs Flatterband bretterte.

„Oh Mann, macht man dasss nicht nur am Ende sssoʔ“, kicherte Pascal und hüpfte ihr hinterher.

Doch da blieb die Lehrerin auch schon wieder stehen, lehnte sich schwer atmend gegen einen Baum und verkündete mit geschlossenen Augen: „Viel Glück, Kinder! Ich warte hier, bis ihr wieder zurück seid.“

Maxe zog winkend an ihr vorbei. „Unsere Siegeschancen sind schlagartig gestiegen!“, murmelte er und grinste. Frau Penne war einfach zu schnarchig!

Nachdem Makkaroni sich kräftig geschüttelt hatte, holte er Maxe schnell ein.
Den Trupp führte Karl an. „Das ist doch die Aufgabe des Klassensprechers", rief er ihnen zu, bevor er sich kopfüber in einen Busch stürzte.
„Alles klar, Kumpel?", fragte Maxe.
Karl stöhnte, kroch aber noch weiter in den Busch – und brach in lautes Triumphgeheul aus. „Hab ich dich!" Der Klassensprecher kam wieder zum Vorschein, in der Hand eine verdreckte Aludose. „Es kommt sicher bald ein Papierkorb", erklärte er und stopfte die Dose in seine Aktentasche.
„Okay, klar, jeden Tag eine gute Tat", lachte Maxe und klopfte Karl auf die Schulter. Dann hüpfte er fröhlich weiter.
„Igitt", heulte Suse, die bereits mit einem rosa Gummistiefel im Matsch versunken war. Vergeblich versuchte sie den Schlamm abzuschütteln.
Je weiter sie dem Pfad in den Wald folgten, desto matschiger wurde es. Selbst Frieda blieb immer wieder im Schlamm stecken.

„Woher wissen wir eigentlich, dass wir noch auf dem richtigen Weg sind?“, fragte sie in die Runde. „Das ist ja der reinste Urwald hier!“

Pascal deutete auf ein Stück rot-weißes Flatterband. „Diessse Fetzzzen hängen hier überall in den Büssschen. Wir müsssssen ihnen einfach nur folgen!“

Eben führte der Weg um eine Biegung, hinter der es steil bergab ging. Dichter Nebel hing zwischen den Bäumen und es tropfte aus dem Blätterdach über ihnen.

„Hier muss man ja sogar klettern!“, beschwerte sich Elinore und legte vor dem Abhang erst mal eine Pause ein.

Anton drehte sich neben ihr im Kreis. „Wo lang? Ich sehe nix!“ Verunsichert wischte er sich über seine nasse Brille. „Ahhhh!“

Sein nächster Schritt ging ins Leere. Er fiel auf den Hosenboden und rutschte schreiend den Hang hinunter.

„Wow, so kann mans natürlich auch machen!“, rief Maxe begeistert und sprang gleich hinterher – von Wurzel zu Wurzel, von Stein zu Stein.

Flatsch! Platsch! Er landete knietief im Schlamm.

„Okay … Gummistiefel wären gut gewesen."

Wie immer war ihm Frieda in Sachen Ausrüstung um Längen voraus. Doch wie mussten erst die First-Klaas-Schüler aussehen in ihren weißen Hosen und Röcken?

Suchend sah er sich um. Wo waren die eigentlich abgeblieben? Und wo war Anton?

Oje, der steckte bis zum Hals im Schlamassel! Oder besser gesagt: im Schlamm.

Nach seiner Talfahrt war er direkt im Sumpf gelandet.

„Maxe, bist du das? Ich kann nichts mehr sehen!", jammerte Anton hilflos.

„Äh ja, Kumpel, deine Brille ist verschleimt, äh … verschlammt. Aber keine Sorge, halt einfach kurz die Füße still. Ich zieh dich da wieder raus", beruhigte ihn Maxe.

Ein langer breiter Baumstamm führte auf die andere Seite des Moorlochs hinüber und verschwand dort im dichten Nebel.

„Was ist denn hier los?" Frieda landete neben Maxe im Matsch.

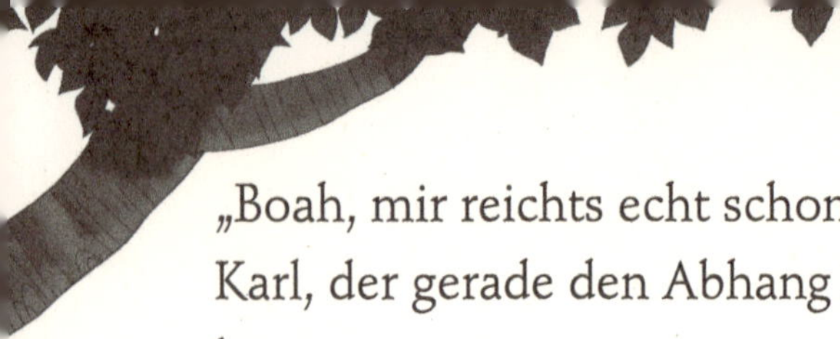

„Boah, mir reichts echt schon wieder!“, maulte Karl, der gerade den Abhang hinuntergestolpert kam.
„Anton hats erwischt, aber keine Sorge, den hab ich da in Nullkommanix wieder raus!“, erklärte Maxe gut gelaunt und kletterte auf den Baumstamm. Sein Hundekumpel sprang natürlich sofort hinterher.
Puh, der Stamm schien stabil zu sein.
„Anton, ich bin gleich da!“, tröstete er seinen Mitschüler, dessen schlammiges Gesicht nur schwer vom Morast zu unterscheiden war.

Plopp! Blubbernd stiegen neben Anton ein paar stinkige Luftblasen auf.
„Bähhh!“, heulte Suse am Ufer. „Da geh ich niemals drüber.“
„Wenn du nicht mitkommst, verlieren wir“, pampte Karl zurück. „Und dann fallen die Ferien aus!“
Frieda seufzte. „Karl hat recht! Wir verlieren außerdem zu viel wertvolle Zeit! Maxe ist gleich bei Anton und der Stamm sieht aus, als könnte er

uns tragen. Am besten, wir gehen jetzt alle nacheinander rüber“, sagte sie und stieg mit Knutschi im Arm auf den umgefallenen Baum.

Gerade hatte sich Maxe auf den Bauch gelegt, um Anton am Kragen zu packen – als ein schauriges Heulen von der anderen Uferseite ertönte.

Die Kinder zuckten erschrocken zusammen.

„Was war das?“ Suse stiegen vor lauter Angst die Tränen in die Augen.

„Sssicher die Moorleiche!“, flüsterte Pascal.

Niemand bewegte sich. Alle lauschten gespannt.

Plopp!, machte es direkt neben Maxe.

Vor Schreck rutschte er seitlich vom Stamm. Mühsam zog er sich wieder hoch.

Plopp!

Erst da bemerkte Maxe, dass von Anton nur noch die Brille zu sehen war. Sein Mitschüler versank im Moor! Blitzschnell langte Maxe in den Matsch, packte Anton an der Schulter und zog ihn mit aller Kraft nach oben.

Plopp! Flatsch! Endlich gab ihn der Sumpf wieder frei. Anton schnappte nach Luft. „Alles klar!“, rief er und Matsch spritzte durch die Gegend.

Maxe schüttelte den Kopf, während er seinen Mitschüler gemeinsam mit Frieda auf den Baumstamm hievte.
Kaum war Anton gerettet, erklang wieder das unheimliche Heulen.
„Ahhhh!", kreischte Suse.
„Wau, wau, wau!", kläffte Makkaroni und schoss los. Schon hatte er die andere Uferseite erreicht, wo er im Nebel verschwand.
„Makkaroni! Hier!", rief Maxe ihm hinterher. Ein mulmiges Gefühl beschlich ihn. „Hier!" Doch von seinem Hundekumpel fehlte jede Spur.
Verzweifelt sah Maxe sich um. Hinter ihm auf

dem Baumstamm klammerten sich seine Klassenkameraden ängstlich aneinander.
„Okay, Leute, auf gehts! Was auch immer dort auf uns wartet: Solange wir zusammenbleiben, haben wir nichts zu befürchten!“ Mit diesen Worten sprang er an Land und tauchte mit ein, zwei Schritten in den Nebel ein.
Um ihn herum wurde es dunkel und still. Selbst die knatschenden Schuhe seiner Mitschüler waren plötzlich verstummt. Unter seinen Füßen spürte Maxe Holz – offenbar befand er sich auf einem Steg.
Da packte ihn eine Hand von hinten am Rucksack. Maxe geriet ins Schwanken.
„Keine Sorge, ich bins nur!“, raunte ihm Frieda zu. „Wenn wir uns verlieren, finden wir uns in diesem Nebel nicht mehr wieder. Also hab ich allen gesagt, sie sollen sich an den Händen fassen.“
Maxe nickte beklommen. „Hoffen wir mal, dass Makkaroni uns erschnüffeln kann.“
Langsam tastete er sich vorwärts. „Hier!“, rief er noch einmal in den Nebel. „Hier!!!!“
„Makkaroooni!“, schrie nun auch Frieda. Selbst

Knutschi schien ihren Freund auf einmal zu vermissen, denn sie miaute kläglich.
„Schsch, Knutschi, sei doch mal leise!“, ermahnte sie Frieda und lauschte dann wieder.
„Hiiilfe!“, hörten sie in dem Moment eine Stimme brüllen.
Dann folgte ein helles Bellen.
Erleichtert stieß Maxe die Luft aus. Makkaroni war ganz in der Nähe!
Nach wenigen Schritten teilte sich vor ihnen der Nebel – und Maxe riss überrascht die Augen auf.

Mission: Duell der Schulen 505.ZZZ.5/09

DIENSTAG, 10. SEPTEMBER

LBE:

1 Camouflage-Tarnnetz
1 Fernglas
Ersatz Militärjacke Nr. 3
Hüfthohe Gummistiefel

14:04 UHR. FLUSS. TAL DER TRÜBEN TEICHE.

MAYDAY! Mein Versteck wurde entdeckt, ich bin aufgeflogen! Herr Zack hat sich mal wieder nicht an die Regeln gehalten. Na ja, immerhin hatte ich meine Tarnkleidung noch an. Ich denke, niemand ahnt etwas.

Diesem First-Klaas-Schüler - Hermes -, ich traue ihm nicht. Irgendwas stinkt an dem gewaltig. Vor allem weiß ich überhaupt nicht, wie der in das Moorloch fallen konnte. Die First-Klaas-Kinder waren doch alle vollzählig, als ich sie das letzte Mal gesehen habe.

Diesen Schüler muss ich im Auge behalten! Seien Sie gewiss, liebe Kollegen. Oh, ich höre ein Geräusch. Ich glaube, hier ist jemand! Ich muss los …

MfG Insp. RR

Wildwasser aus der Bahn

Sie hatten es geschafft, dem Steg bis zum Ende des Sumpfgebiets zu folgen. Dort wartete, auf trockenem Untergrund, Maxes Hundefreund und hüpfte aufgeregt im Kreis.
Doch keine zwei Meter von ihm entfernt steckte ein Junge im Moor und brüllte: „Hiiiiiilfe!“
Pascal drängte sich übermütig neben Maxe. „Das isss gar keine Moorleiche, sssondern einer von diesssen Firssst-Klaasss-Ssstrebern!“
Die Kinder kicherten.
Nur Frieda schien das Ganze nicht lustig zu finden. „Wir müssen ihm helfen, er geht gleich unter!“

„Sollen das doch seine Kameraden tun, *wir* müssen uns beeilen. Hast du selbst gesagt.“ Karl musterte den Jungen im Sumpfloch mit gerümpfter Nase.
„Wir helfen ihm“, entschied Maxe. „Er ist in Not! Da ist es doch egal, zu welchem Team er gehört.“
„Pfff … Ich bin mir sicher, die First-Klaas-Schüler würden uns auch nicht helfen!“, bemerkte Elinore schnippisch. „Ich mache jedenfalls nicht mit.“
„Ich helfe nur, wenn ich ihn dabei nicht anfassen muss“, flüsterte Suse kaum hörbar.
Zu Makkaronis Begeisterung schnappte sich Maxe einen langen Ast und schob ihn dem Jungen entgegen. „Da, halt dich fest! Wir holen dich raus.“
Sofort waren Anton und Frieda zur Stelle. Gemeinsam schafften sie es, den First-Klaas-Schüler aus dem Schlammloch zu ziehen.
„Puh, danke, Leute, ihr seid echt nett!“, keuchte der fremde Junge, als er wieder festen Boden unter den Füßen hatte. Er rieb sich den Matsch aus dem Gesicht. „Ich bin übrigens Hermes!“
Karl grunzte. „Habt ihr alle so komische Namen?“
Die anderen Kinder kicherten.

Frieda musterte Hermes von oben bis unten – und auch Knutschi auf ihrem Arm stellten sich die Nackenhaare auf.
Der Junge war groß und stämmig und hatte grüne Augen. Genau wie die anderen First-Klaas-Schüler trug er ein Poloshirt und Shorts, nur dass die jetzt schlammbraun waren.
„Ich bin Frieda", stellte sie sich vor. „Du kannst dich gern erkenntlich zeigen, indem du uns ein paar Information rüberspielst."
Bewundernd nickte Maxe mit dem Kopf. Seine Freundin hatte die Lage wie immer im Griff!
Hermes trat nervös von einem Bein aufs andere. Selbst aus seinen Ohren tropfte der Schlamm.
„Was wollt ihr denn wissen?"
„Na, wo deine Strebermitschüler lang sind, zum Beispiel, und wo sie das schnittliche Blechschild versteckt haben!", platzte Maxe heraus.
„… und ob ihr euren Müll auch mitnehmt und ihn nicht einfach im Wald liegen lasst!", grätschte Karl dazwischen und sammelte dabei ein Schokopapier ein.
Maxe stutzte kurz. „Äh ja, das vielleicht auch …"

Der Junge runzelte seine dreckverkrustete Stirn. „Wo sie lang sind, könnt ihr euch doch denken!“ Er deutete auf einen Fetzen Flatterband, neben dem ein Trampelpfad ins dichte Unterholz führte. „Von einem Blechschild weiß ich nichts“, sagte Hermes, allerdings mit etwas zu viel Nachdruck. „Na, schön, vielleicht fällt es dir ja noch ein … unterwegs. Denn wie's aussieht, kommst du erst einmal mit uns!“, zischte Frieda und stapfte los. Im Vorbeigehen zog sie Maxe beiseite. „Der wird nicht singen … der hat zu viel Angst“, raunte sie.

Maxe zuckte die Achseln. „Das werden wir ja sehen. Spätestens wenn er noch mal unsere Hilfe braucht …“

Die Kinder liefen den schmalen Waldweg entlang. Der Wind rauschte in den Baumkronen und es wurde zunehmend wärmer. Schon bald schwirrten Fliegen um sie herum.

„Mir reichts! Ich hasse diese Viecher“, nörgelte Karl und wedelte hektisch mit einer gammligen Plastiktüte. „Wollen wir nicht zurück zum Camp gehen? Wir holen doch eh nicht mehr auf!“

Selbst Maxe musste zugeben, dass sie bei diesem Schneckentempo wohl kaum gewinnen würden. „Vielleicht gibts ja eine Abkürzung!“, überlegte er laut. „Wer sagt denn, dass wir den Fähnchen haargenau folgen müssen …“ Neugierig bog er ein paar Äste zur Seite und wäre um ein Haar rückwärts über Felix gestolpert.

„Schummeln gilt nicht!“, krächzte eine Stimme aus dem Gebüsch.

Maxe blies die Backen auf. Das hatte ihnen gerade noch gefehlt. Sie wurden doch tatsächlich beobachtet!

Eingehüllt in ein Netz aus Blättern und grünen Stofffetzen, lag Schiedsrichter Schrischenkow im Moos. Eigentlich erkannte man ihn nur an dem klobigen Fernglas, das er in den Händen hielt.

Maxe hob unschuldig die Hände. „Schon gut. Ich wollte nur mal gucken, ob es vielleicht noch irgendwo ein Flatterfähnchen gibt, das wir übersehen haben.“

Frieda spähte über Maxes Schulter. „Können Sie uns vielleicht verraten, wie groß der Vorsprung der anderen Schule ist?“

Der Schiri robbte so weit aus dem Busch heraus, dass er nun mit den Ellenbogen auf dem Weg vor den Kindern lag. Dann hob er das Fernglas wieder vor die Augen. „Hm, ich sehe nichts, nein, die sind schon lange vorbei. Aber wenn ihr es schafft, den Fluss zu überqueren …“

Seine hellblauen Augen ruhten auf Maxe.

„… habt ihr vielleicht noch eine Chance.“

Maxe horchte auf. Ja, jetzt wo der Kerl den Fluss erwähnt hatte, hörte er mit einem Mal auch das Rauschen.

Auch Knutschi lauschte, dann sprang sie Frieda auf die Schulter.

Frieda schnaubte. „Los, Leute, der Unparteiische erzählt uns eh nichts Brauchbares!“ Dann machte sie einen großen Schritt über den Schiedsrichter hinweg und lief einfach weiter.

Maxe winkte dem Mann zum Abschied zu.
„Keine Sorge, die machen wir nass!“

Eine Flussüberquerung. Kinderspiel! Mit neuem Elan drängte er an den anderen vorbei. „Komm, Makkaroni, wer als Erstes am Flussufer ist!“

Die Kinder setzten sich in Bewegung. Anton und Hermes konnten es kaum erwarten, den Schlamm abzuwaschen.

Da lichtete sich auch schon der Wald.

Nach dem Sturm hatte sich der Fluss in einen reißenden Strom verwandelt! Er war ringsum über die Ufer getreten und bahnte sich nun schäumend und gurgelnd einen Weg durch den Wald.

„Dasss ssschaffen wir niemalsss, ohne nasssss zzzu werden!“ Pascal stieß einen Ast ins Wasser. Sofort wurde der vom Strom mitgerissen, um dann zwischen ein paar riesigen Felsen zu zerbersten. Noch nicht mal Makkaroni rührte sich – normalerweise wäre er schon längst ins Wasser gesprungen.

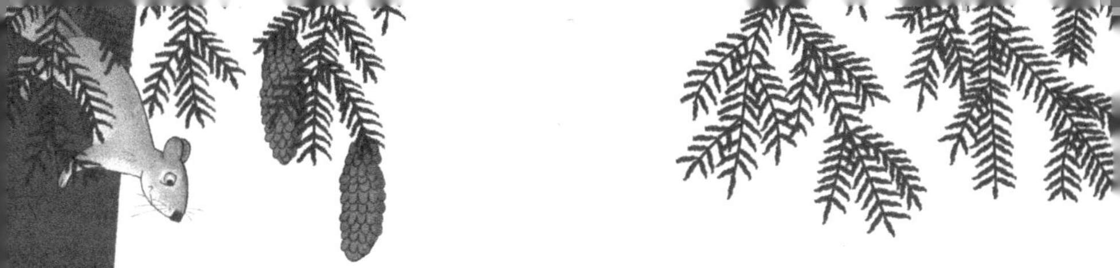

Auf einmal drängte sich Hermes nach vorn. „He, schaut, da sind sie!“, rief er über das Wasserrauschen hinweg und zeigte ein Stück flussaufwärts.

Tatsächlich! Die First-Klaas-Schüler waren eindeutig besser vorbereitet als die Schnittlich-Kinder. Statt sich beim Überqueren des reißenden Stroms nasse Füße zu holen, hatten die Streber ihre eigenen Kanus dabei!

„Abgefahren!“, platzte Maxe heraus.

Ein Boot kämpfte sich bereits durch die Strömung zur anderen Seite. Ganz vorn, an der Bugspitze, hockte der blonde Junge aus dem Bus, Bosse. Lautstark gab er das Kommando an. Selbst Maxe konnte seine Rufe noch hören.

„Zugleich!“, schallte seine Stimme übers Wasser. Wie eine einzige Einheit hoben und senkten sich die Paddel.

Ratlos ließ Maxe seinen Blick über den Fluss schweifen. Ein paar Felsen, eine große, alte

Baumwurzel dazwischen – doch einen sicheren Weg über den Fluss gab es nirgends. Und sich ohne Boot direkt ins Wasser zu wagen, hielt selbst Maxe für verrückt.

„Wir können nicht rüberschwimmen", sprach Frieda aus, was er dachte. „Entweder wir finden etwas, woraus wir uns ein Boot bauen können, oder wir müssen am Fluss entlanglaufen, bis wir eine flachere Stelle zum Überqueren finden."

„Aber da drüben hängt doch das nächste Fähnchen!", jammerte Elinore und deutete in Richtung anderes Ufer, wo ein rot-weißer Fetzen im Gebüsch flatterte. „Ich laufe doch nicht ein Mal um den ganzen Fluss herum!"

Frieda zuckte die Achseln. „Egal, was wir tun, es sollte schnell gehen. Die First-Klaas-Schüler haben es gleich geschafft."

Schon legte das nächste Boot ab.

„Wir teilen uns auf!", überlegte Maxe. „Eine Gruppe läuft ein paar Meter am Fluss hinauf, die andere hinunter."

„Ich bin der Anführer!", meldete sich Karl und drängte sofort nach vorn.

Frieda nickte zustimmend.
„Okay, aber ich mache jetzt erst mal eine Pause“, verkündete Elinore und ließ sich fallen.
Maxe verdrehte die Augen. „Ihr anderen geht flussabwärts suchen!“, schrie er seiner lahmen Klasse noch zu, bevor er Frieda flussaufwärts folgte.

Mission: Duell der Schulen 505.ZZZ.5/10

DIENSTAG, 10. SEPTEMBER

LBE:

1 Jetski
Schwimmweste
Taucherbrille

16:00 UHR. FLUSS. TAL DER TRÜBEN TEICHE.

Einfach unfassbar! Diese First-Klaas-Kinder sind besser ausgerüstet als ich. Fragt sich nur, wo sie die Ausrüstung so plötzlich herhaben. Ich werde der Sache nachgehen, sobald ich am anderen Ufer bin. Denen muss mal eine echte Spürnase auf den Zahn fühlen!

MfG Insp. RR

PS: Ich glaube, mir ist noch immer jemand auf den Fersen!

Mann über Bord

Maxe nahm Anlauf, um über einen umgestürzten Tannenbaum zu springen. „Aua!“ Er war mit dem Fuß gegen einen harten Gegenstand gestoßen, der sich unter den breiten Ästen des Baumes verbarg. Maxe stürzte vorwärts, direkt in eine Pfütze. „Mist!“, fluchte er laut und rollte zur Seite in die trockenen Tannenzweige hinein. Wieder eckte er an. „Autsch!“ Nun war seine Neugier geweckt. Und tatsächlich …
„Friiiieda!!!“, schrie er. „Komm schnell!“
„Was ist denn jetzt schon wieder kaputt?“, stöhnte seine Freundin.

„Wir sitzen knietief in der Tinte!“, grinste Maxe. Frieda verschränkte die Arme, den Blick auf Maxes nasse Hosenbeine gerichtet. „Und darüber freust du dich?“

Maxe zwinkerte ihr schelmisch zu, während er einen Ast hochhob.

„Der Aktenschrank!“, rief Frieda erleichtert. Ein Blick über die Schulter verriet ihr, dass inzwischen alle First-Klaas-Kanus auf dem Fluss waren. Von dort aus konnte sie niemand sehen. „Diesmal war der Schrank aber wirklich gut versteckt.“

Maxe schob mit den Händen weitere Äste beiseite. „Ja, damit ihn die Gegner nicht finden. Bestimmt kann er uns helfen zur anderen Seite zu kommen.“ Hoffnungsvoll zog er an den Schubladen.

„Vorschläge?“

„Bestimmt hat es diesmal mit Wasser zu tun!“, überlegte sie laut. „Oder mit dem Wald? Mit einem Tannenzweig klopfen?“

Maxe blies die Backen auf. „Nee, das hatten wir schon mal!“

Frieda nickte. „Vielleicht muss man dem Schrank etwas vorsingen?“

„Uhhh, nee lass mal.“ Maxe richtete sich auf. Dabei tropfte ein wenig Schlamm von seinen Knien direkt auf das unterste Fach des Aktenschranks.
Kling! Klang! Klong!, bimmelte es tief im Inneren des Metallkastens.
„Juhuuu! Er geht auf!“, jubelten die Freunde.
Die offene Schublade ragte nun senkrecht aus den Tannenzweigen hervor. Es war eine der größten des ganzen Schranks. Sofort stürzte sich Maxe auf den Beutel, der dort verkeilt war.
„Los, schnell, mach schon auf!“, drängelte Frieda.
Maxe nestelte an der Schnur, bis sie offen war. Dann drehte er den Beutel kurzerhand um und schüttete ihn aus.
„Was ist denn das?“, wunderte sich Frieda und griff nach dem Gegenstand auf dem Boden.
„Ganz klar! Das ist eine Armbrust!“, erklärte Maxe – stolz, ausnahmsweise einmal mehr zu wissen als Frieda.
„Schon klar!“, bremste ihn seine Freundin gleich wieder aus. „Ich hatte mich wohl etwas falsch ausgedrückt. Was zum Kuckuck sollen wir damit?“

„Vielleicht die Gegner abschießen?“, mutmaßte Maxe mit Blick auf die Boote der First-Klaas-Schüler. Gerade hatte das letzte die Flussmitte erreicht.

Frieda beugte sich über den Schrank. „Hier ist was rausgefallen!“ Sie griff nach dem zusammengerollten Bündel. „Zwei Seile und ein Pfeil mit Anker?“ Nun war Frieda total verwirrt!

Auch Maxe stutzte. „Hm …“ Nachdenklich drehte er die Armbrust hin und her. Ein einzelner Pfeil war aufgespannt. Allerdings hatte dieser am Ende keine normale Spitze, sondern etwas, das aussah wie ein riesiger Angelhaken. Oder eben ein Anker …

Wieder glitt sein Blick übers Wasser. Was sollte er damit nur anfangen?

Doch bevor er sich weiter Gedanken machen konnte, hörten die Freunde auf einmal Schreie aus dem Boot der First-Klaas-Schüler.

„Wir treiben ab!“, kreischte ein Mädchen mit blonden Zöpfen.

Maxe und Frieda eilten zum Flussufer zurück. Während es die anderen beiden Kanus problemlos

ans gegenüberliegende Ufer geschafft hatten, drehte sich das letzte Boot ziellos um die eigene Achse. Dabei trieb es mit raschem Tempo auf die große Baumwurzel flussabwärts zu.
„Das Boot ist zu voll!“, stellte Frieda fest. „In den anderen saßen viel weniger Kinder.“
„Esss hat auch zzziemlich Tiefgang“, fügte Pascal hinzu.
Das Boot der First-Klaas-Schüler drehte sich immer schneller.
„Der Weg in die andere Richtung ist leider eine Sackgasse“, erklärte Karl von Streichzapf, während alle gebannt aufs Wasser starrten. „Da reichen die Felsen bis zum Fluss hinunter. Darum mussten wir unsere Erkundungstour gleich wieder abbrechen.“
Frieda nickte bloß. Es gab ein dringlicheres Problem. Die anderen Schüler waren in Gefahr – eindeutig!
„Ich kann gar nicht hinsehen“, heulte Suse.
Ängstlich schlug sie sich die Hände vors Gesicht.
Das Kanu der First-Klaas-Schüler war nur noch wenige Meter von der Wurzel entfernt.
Plötzlich richtete sich ein dunkelhaariger Junge

mitten im Boot auf. Maxe erkannte sofort, dass es der zweite Schlägertyp aus dem Bus war. Viktor oder so. Und dann ging alles ganz schnell.

„Wir sind einfach zu schwer!“, schallte eine Stimme übers Wasser – und plötzlich schubsten sich die Kinder gegenseitig!

Frieda hielt geschockt die Luft an. „Was machen die denn da?“

Schon ging Viktor über Bord. Doch statt dem Jungen zu helfen, brachen die First-Klaas-Kinder in schallendes Gelächter aus. Dann begannen sie wie wild zu paddeln und diesmal ließ sich das Boot tatsächlich zur Seite steuern. Weg von der Wurzel.

„Die haben Viktor über Bord geworfen, um sich selbst zu retten“, sagte Hermes. „Sonst wären sie alle gekentert.“

Inzwischen trieb der Junge pfeilschnell der Wurzel entgegen. Maxe kniff die Augen zu.

Wooom!

Viktor prallte gegen die Wurzel. Wasser spritzte, dann verstummten seine Rufe abrupt.

„Autsssch, dasss musssss wehgetan haben …“, brummte Pascal.

Zur Erleichterung der Kinder gelang es dem Jungen, sich an der Wurzel festzuklammern. „Lieber gemeinsam ablosen als so 'ne miese Tour!“, presste Maxe wütend hervor.
„Wir müssen ihm helfen!“, rief Frieda und sprang auf einen großen Felsen im Wasser. Sofort geriet sie auf dem glitschigen Untergrund ins Rutschen. In letzter Minute schoss Felix nach vorn und rettete sie. „He, langsam, wir brauchen doch erst mal einen Plan!“, bremste er sie.
Maxe blickte auf die Armbrust in seiner Hand, dann hinüber zur großen Baumwurzel im Fluss. Gerade zog sich Viktor daran hoch, um aus dem Wasser zu kommen.
„Wenn wir den jetzt auch noch retten, gewinnen wir niemals mehr!“, motzte Karl mit einem bösen Blick zu Hermes, der wie Falschgeld zwischen den Schnittlich-Schülern herumstand.
Plötzlich sprang Elinore von ihrem Stein auf und bohrte Karl einen Finger in die Brust. „Du hast Maxe doch gehört!“, zischte sie. „Lieber verlieren wir gemeinsam, als so blöde zu sein wie die da!“ Zornig funkelte Elinore hinter ihrem Haarschleier

hervor und deutete mit der Hand in Richtung anderes Ufer. Dort stiegen gerade die letzten Kinder aus dem Kanu aus.
Keine Frage, die First-Klaas-Schule jetzt noch einzuholen, würde echt schwierig werden!
„Karl, hilf mal lieber und halt das Ende vom Seil hier, okay?“, sagte Maxe und kletterte auf einen Felsen am Ufer. Dann hob er die Armbrust und verknotete ein Ende des Seils mit dem aufgespannten Anker-Pfeil. Das andere Ende drückte er Karl in die Hand. „Gut festhalten!“ Dann legte er an.
„He, und was soll ich jetzt damit?“, fragte Karl argwöhnisch.
Aber Maxe hörte gar nicht mehr zu – seine ganze Konzentration galt nun dem Schuss. Wie schwer konnte es schon sein?! Immerhin hatte er viel Übung beim Schleuderschießen. So viel anders war eine Armbrust doch auch nicht …
Maxe kniff ein Auge zu und zielte auf eine große Tanne am anderen Ufer. Er drückte ab.
Pfffff! schoss der Pfeil durch die Luft. Drei Meter, vier, fünf … und das Geschoss verschwand

zwischen den dicht verzweigten Ästen. Maxe hängte die Armbrust an seinen Rucksack und griff nach Karls Seilende.
Die Schnittlich-Schüler hielten gespannt den Atem an.
Prüfend zupfte Maxe am Seil. „Bingo!“, strahlte er zufrieden. „Das Ding ist super verhakt!“ Dann wickelte er das Seil um den Stamm einer alten Eiche und spannte es dabei so stramm wie möglich. „Ich glaube, so sollte es gehen.“ Maxe machte noch ein paar dicke Knoten ins Seil.
„Und jetzzzzt?“, fragte Pascal neugierig.
„Jetzt hangeln wir uns rüber!“ Maxe sprang auf den ersten Stein im Wasser. Den, von dem Frieda zuvor um ein Haar heruntergepurzelt wäre. Doch nun konnten die Kinder sich am Seil festhalten!
„Krasssss!“, jubelte Pascal.
Mit großen Schritten ging es weiter. Von einem Stein zum anderen. Da traute sich auch Makkaroni, seinem Herrchen zu folgen.
„Besser als Schwimmen, was, Kumpel?!“, grinste Maxe, während er auf den Felsen vor der Wurzel hüpfte.

„He, alles klar da oben?“, rief er dem bibbernden Viktor zu, während er zu ihm auf die Wurzel kletterte.
Erschrocken zuckte Viktor zusammen. „Bitte, werft mich nicht wieder rein! Ich lass euch auch einfach vorbei und bleibe hier sitzen, bis … bis …“ Schniefend brach er ab.
Maxe seufzte. Diese First-Klaas-Streber waren wirklich echte Bullies! Frieda hatte nicht übertrieben. „Viktor, richtig?“, vergewisserte sich Maxe. Der Junge nickte langsam. „Ich bin Maxe! Wir haben uns jetzt ziemlich viel einfallen lassen, um dich zu retten. Wäre also nett, wenn du wenigstens mitkommen würdest.“ Er streckte ihm eine Hand entgegen. „Na los!“
Misstrauisch musterte der Junge Maxes Hand. „Okay“, sagte er schließlich und zog sich vorsichtig zu Maxe hoch.
Hinter ihnen standen die Schnittlich-Schüler bereits Schlange.
„Gehts bald weiter?“, keuchte Frieda angestrengt, während sich Knutschi in ihre Schulter krallte und mit großen Augen auf das Wasser starrte.

Maxe sprang auf den nächsten Felsen. „Klaro! Gleich haben wir's geschafft!"
Das Seil zitterte unter den vielen Kinderhänden, die sich daran klammerten.
Gerade erreichte Maxe den nächsten großen Felsen, als er am Ufer eine Bewegung im Gebüsch bemerkte. Ein türkises T-Shirt blitzte auf.
Maxe beschlich ein ungutes Gefühl.

Mission: Duell der Schulen
505.ZZZ.5/11

DIENSTAG, 10. SEPTEMBER

LBE:

1 großes Brötchen ohne alles
100 ml Erdbeerlimo

17:30 UHR. TROPFSTEINHÖHLE. TAL DER TRÜBEN TEICHE.

SOS! SOS! SOS! Ich wurde tatsächlich geschnappt. Die First-Klaas-Kinder haben mir aufgelauert und mich in irgendeinen Käfig gesperrt. Bitte um ein Sonderteam. Meine letzte Position: Koordinaten 48° 21' 13,2" N 8° 11' 26,3" E. Kommt schnell!!! Wer weiß, in was für Schwierigkeiten Agent Zack und Geratwol sonst landen. Ich bin der Inspektor, holt mich hier raaaaaus!

SOS
RR

Stalag-Nieten

Maxe hastete weiter. Hatte sich etwa einer der First-Klaas-Fieslinge am Seil zu schaffen gemacht? Würde es nun jeden Moment reißen? Maxe biss die Zähne zusammen. Er musste unbedingt ans Ufer gelangen! Wenigstens einer von ihnen musste es schaffen. Rutschend und schlingernd balancierte er über die Felsen. Noch zwei, noch einer. Maxe sprang ab, sah den Fluss unter sich – und landete sicher am Ufer. Keuchend stolperte er weiter, immer dem Seil hinterher. Mit den Armen bahnte er sich einen Weg durchs Geäst der Bäume.

Und da war er! Der Haken saß noch immer fest in einem der dicken Stämme. Zur Sicherheit fuhr Maxe mit dem Finger am Seil entlang. Es war immer noch gespannt. Alles gut.
Erleichtert stieß er die Luft aus. „Wow, das war knapp!“ Offenbar hatte er den Saboteur gerade noch rechtzeitig entdeckt. Ja, so musste es sein.
„Maxe, was ist los? Wieso bist du auf einmal wie ein Bekloppter in den Wald geprescht?“, fragte Frieda atemlos.
„Keine Sorge. Fehlalarm! Ich hatte einen dieser First-Klaas-Feiglinge zwischen den Tannen gesehen und dachte, der würde das Seil kappen. Zum Glück ist alles okay“, erklärte er seiner Freundin.
Doch Frieda schien nicht überzeugt zu sein. „Das ist komisch“, sagte sie.
Inzwischen war auch der Rest ihrer Gäste auf der anderen Seite angekommen.
Mit einem Blick zu Hermes und Viktor fügte sie hinzu: „Glaub mir, die First-Klaas-Schüler machen keine halben Sachen.“
Die beiden blickten verlegen zu Boden.
Maxe zuckte die Achseln. „Die hatten es ja auch

noch nie mit mir und meinem Hundekumpel zu tun!“ Unbeeindruckt klopfte er Makkaroni den Bauch.
Frieda seufzte tief. „Na schön, vielleicht hast du recht. Auf jeden Fall besteht noch eine Chance, die andere Schule wieder einzuholen.“ Sie zeigte auf einen Fetzen Flatterband im Gebüsch neben dem Baum. „Wir sollten uns beeilen.“ Sie schaute zum Himmel hoch. „Ich glaube, es dämmert schon.“
Während die Klasse langsam vorauslief, blieb Maxe neben Frieda stehen. „Uns läuft die Zeit davon“, zischte er leise. „Das Schild! Wir haben unseren Auftrag nicht erfüllt!“
Frieda nickte. „Auch dafür müssen wir die andere Klasse erst mal einholen.“
Die Kinder kämpften sich durch dickes Gestrüpp. Zweige schlugen ihnen ins Gesicht, Käfer und Spinnen krabbelten ihnen durch die Haare. Immer wieder schrie eins der Kinder vor Schreck auf.
„Ich überlege schon die ganze Zeit, wo wir noch suchen könnten!“ Frieda zuckte zurück – eine Brombeerranke hing quer über den Weg.
Vor ihnen ertönte lautes Gejammer. „Meine Arme

sind schon ganz zerkratzt von diesen blöden Dornen!“, heulte Suse.
Elinore kletterte keuchend über einen umgestürzten Baum. „Ich mache gleich nicht mehr mit!“
Auch Hermes und Viktor machten unglückliche Gesichter.
Da schob sich Karl an den anderen Kindern vorbei. „Lasst mich mal vor. Die Klasse sicher durch den Wald zu lotsen, ist Aufgabe des Klassensprechers!“
Er zog einen kleinen Schirm aus seiner Aktentasche, den er wie eine Machete durch die Luft zischen ließ. Dabei bemerkte er fröhlich: „Wenigstens ist hier alles sauber. Kein Müll mehr am Boden!“
Maxe schüttelte den Kopf und wandte sich wieder Frieda zu. „Und hattest du schon einen Geistesblitz?“
Frieda antwortete nicht. In Gedanken versunken folgte sie den anderen Kindern.
„Auf jeden Fall sind wir hier richtig! Da ist schon wieder so ein Fetzen!“ Maxe schnappte sich das rot-weiße Flatterband und wedelte damit vor

Friedas Nase herum. „Bestimmt haben wir's gleich geschafft!"
„Ist es nicht komisch, dass der Weg so zugewachsen ist, obwohl die First-Klaas-Kinder hier schon gewesen sein müssen?", wunderte sich Frieda.
„He, Leute!", erklang in diesem Augenblick Karls Stimme. „Ihr glaubt nicht, was ich gerade entdeckt habe! Das müsst ihr unbedingt sehen!"
Maxe stopfte den Fetzen in die Hosentasche und stürmte in Karls Richtung. „Wir sind gleich da!"
Keuchend brach er, mit Frieda im Schlepptau, aus der Hecke heraus.
„Schaut doch!", rief Karl noch einmal.
Vor ihnen erhob sich ein lang gezogener Bergkamm. Und direkt vor ihren Füßen befand sich …
„Ein Höhleneingang!" Frieda starrte in den dunklen Schlund.
„Und hier ist der nächste Wegweiser!", jubelte Felix und zeigte auf ein Stück Flatterband, das an einem spitzen Felsen direkt am Eingang hing.
„Der sssieht ja ausss wie ein Reißßßzzzahn!",

stellte Pascal fest. „Wahrssscheinlich leben in der Höhle Vampire!"
Suse lief langsam rückwärts. „Da geh ich nicht rein!"
Aufmunternd klopfte ihr Maxe auf die Schulter. „Keine Sorge, ich habe eine Taschenlampe." Er kramte in seinem Rucksack. „So eine Höhle wollte ich schon immer mal erkunden!"
Bevor noch jemand protestieren konnte, schlüpfte Maxe ins Innere. Sofort drängten die anderen Schüler hinterher.
„Ich gehe direkt hinter Maxe!", verkündete Anton. „Sonst sehe ich nix!"
Auch die anderen Kinder blieben ihm so dicht wie möglich auf den Fersen. Selbst Suse gab sich einen Ruck, um nicht den Anschluss zu verlieren.
Nur Frieda verharrte noch einen Moment vor der Höhle. Stirnrunzelnd betrachtete sie den Kiesboden und das Gebüsch ringsum. Dann erst tauchte auch sie in die Dunkelheit ein.
Maxe leuchtete mit der Taschenlampe die Wände hoch.
„Dasss issst eine echte Tropfsssteinhöhle!"

Ehrfürchtig tippte Pascal einen spitz zulaufenden Stein neben sich an. Genau wie der am Eingang schien er wie ein heimtückischer Reißzahn aus dem Boden zu wachsen.
Maxe richtete die Lampe auf die Decke darüber. „Ja, hier ist sein großer Bruder!“
„Das ist ein Stalaktit“, erklärte Frieda. „Die wachsen von oben nach unten und die Stalagmiten genau andersherum.“
Staunend liefen die Kinder zwischen den Felsformationen hindurch. Immer tiefer ging es in die Höhle hinein. Hinter jeder Biegung entdeckten sie neue fantastische Tropfsteine. Vor lauter Staunen vergaßen sie vollkommen die Zeit.
„Müssten wir nicht langsam mal wieder einen Wegweiser finden?“, überlegte Frieda laut. Seit sie in der Tropfsteinhöhle waren, hatten sie kein rot-weißes Band mehr gesehen.
Maxe blieb stehen. „Hier gibt es zwei Tunnel!“, stellte er fest. „Aber nirgends einen Hinweis, wo's langgeht …“
Frieda drängelte sich nach vorn. Eilig setzte sie Knutschi, die sie bisher auf dem Arm getragen

hatte, neben sich ab. „Gib mir mal die Lampe!“ Schon hatte sie Maxe das Ding aus der Hand gerissen. Hektisch ließ sie den Strahl über die glatten Wände zucken.

„So ein Mist!“, fluchte sie. „Wir sind geliefert!“

„Wieso denn?“ Maxe verstand nur Bahnhof.

„Schsch! Seid mal alle leise!“, zischte Frieda und lauschte in die Dunkelheit der Höhle.

Tock! Tock! Tock! tropfte das Wasser von der Decke.

Heeeeheeeeheeee! Hechelnd ließ sich Makkaroni auf den feuchten Boden sinken.

Pascal kickte gelangweilt einen Stein vor sich her.

Pling!

„Mir reichts!“, meldete sich Karl nach einer Weile. „Ich hör überhaupt nichts.“

„Genau!“, seufzte Frieda. „Wir sind einfach die letzten Nieten.“

Maxe protestierte. „Wieso!? Wir sind gar nicht so schlecht, wir sind …“

„Maxe! Da ist niemand!“, fiel Frieda ihm ins Wort. „Wir sind ganz allein hier unten. Die First-Klaas-Schüler haben uns an der Nase herumgeführt.“

„Aber ... wieso ..." Maxe begann zu stottern, ihm schwante Übles.
„Erinnerst du dich? An den Kerl im Gebüsch?" Frieda ließ sich auf einen der Felsen plumpsen. „Der wollte nicht an unser Seil, sondern an die Wegmarkierung! Er hat sie umgehängt."
Die anderen Kinder sahen sie verwirrt an.
Hermes und Viktor sagten nichts.
„Aber da waren doch ganz viele Flatterbänder, auch am Höhleneingang!", wandte Maxe ein.
Frieda schüttelte den Kopf. „Ja, aber ich fand es schon komisch, dass die anderen Kinder überhaupt keine Spur hinterlassen haben. Überleg doch mal! Eine ganze Schulklasse? Das fällt doch auf! Abgeknickte Zweige, Schokopapier ..." Sie machte eine ausladende Handbewegung. „Hier unten war definitiv noch niemand außer uns!"
Karl nickte geschäftig. „Das stimmt. Kein Müll weit und breit."
Betretenes Schweigen. Selbst Pascal hatte keinen flotten Spruch mehr parat.
„Heißt das etwa, wir sitzen fest hier unten?", flüsterte Suse.

Die Kinder blickten sich ängstlich um. Alle schienen dasselbe zu denken: Wie um alles in der Welt sollten sie jemals wieder den Weg zurückfinden? Die Höhle war riesig und hatte unzählige Gänge.

Maxe drehte sich langsam im Kreis. Er spähte in den nächsten Tunnel und leuchtete hinter die Felsen.

„Nein“, verkündete er schließlich und sah bedeutungsvoll zu Frieda. „Wir sitzen auf keinen Fall fest!“

Sonst wäre nämlich schon längst der Aktenschrank aufgetaucht! Aber das konnte er natürlich nicht laut sagen. Frieda verstand ihn trotzdem.

Mit leuchtenden Augen sprang sie auf. „Maxe hat recht! Es muss einen Ausgang geben. Wir müssen nur den richtigen Tunnel finden.“

„Warum bist du dir so sicher?“, maulte Elinore. „Hier ist es stockdunkel. Außerdem riecht es total muffig.“

„Muffig“, überlegte Frieda laut. „Das ist es!“ Sie lief zu Maxe und zog ihm den Rucksack von den Schultern. „Die Kerze, wo hast du sie?“

Maxe zuckte die Schultern und stülpte den Inhalt einfach aus. Während Frieda nach Kerze und Streichhölzern griff, stürzte sich Maxe begeistert auf den alten Schokoriegel, der unter einer blau gepunkteten Unterhose zum Vorschein kam. Erst jetzt bemerkte er, wie sehr sein Magen knurrte. „Hab ich einen Bärenhunger!“ Er streckte den anderen Kindern den Schokoriegel entgegen. „Will jemand?“

Pascal verzog das Gesicht. „Der lag doch unter deiner Unterhossse.“

Maxe biss hinein. „Das war eine frische, glaub

ich.“ Genüsslich kauend beobachtete er, wie Frieda die Kerze anzündete.

Seine Klassenkameraden hatten nur Augen für den Schokoriegel.

„Ich würde ein Stück nehmen“, meldete sich schließlich Felix mit verzweifeltem Kichern.

„Igitt!“, würgte Suse.

„Mein Magen tut schon weh vor Hunger!“, verteidigte sich Felix und schob sich ein Stück von Maxes Schoki in den Mund. „Mhm … schmeckt total lecker – kein bisschen nach Unterhosenmief, ich schwörs!“

Derweil lief Frieda mit der brennenden Kerze in einen der Tunnel.
„Was hat sie eigentlich vor?", fragte Karl, während er wie hypnotisiert Maxes Kaubewegungen nachahmte.
Frieda hielt die Kerze vor sich in die Höhe. Die Flamme brannte kräftig und hell. Sie schüttelte den Kopf. „Nichts!" Sie kam zurück und lief in einen anderen Tunnel.
Wieder hob sie die Kerze hoch.
Zisssch! Die Flamme flackerte und erlosch.
Frieda verschwand in der Dunkelheit.

Mission: Duell der Schulen 505.ZZZ.5/12

DIENSTAG, 10. SEPTEMBER

LBE:

30 ml Erdbeerlimo
2 Bissen altes Brötchen

18:22 UHR. WALD. TAL DER TRÜBEN TEICHE.

Tag 1 meiner Gefangenschaft. Okay. Stunde 1 meiner Gefangenschaft. Aber es kommt mir vor wie Tage! Wochen! Ich halte das nicht aus. Diese Spannung, nichts tun zu können. Nicht im Mittelpunkt der Ereignisse zu stehen. Ob Maxe und Frieda ohne mich überleben? Ich glaube, es könnte eng für die beiden werden. Ich werde gebraucht!

MfG Insp. RR

Abgang mortale

Maxe schluckte den letzten Bissen seines Schokoriegels herunter. „Frieda? Bist du noch da?“

„Juhuuu!“, jubelte seine Freundin. „Hier gehts raus!“

„Echt? Siehst du etwa Licht?“, rief Maxe und stopfte seine Sachen zurück in den Rucksack.

„Nein“, kam Friedas Antwort aus dem Tunnel. „Aber die Flamme ist vom Luftzug ausgegangen. Das heißt, irgendwo in diese Richtung muss es einen Ausgang ge…“ Friedas Stimme verhallte plötzlich.

„Dann nix wie raus hier!“ Maxe marschierte los.

Die anderen Kinder stürzten hinter ihm her, um bloß nicht allein in der Höhle zu bleiben.
„Frieda, wo bist du denn?“ Maxe leuchtete in den Tunnel hinein. Doch sein nächster Schritt ging ins Leere. „Was zum …“
Maxe stürzte vorwärts. „Ahhh …“ Im Nu wurde sein Schrei von der Dunkelheit geschluckt. Bevor er recht kapierte, wie ihm geschah, landete er auch schon wieder, Popo voraus – *puff* –, auf etwas Weichem.
„Autsch, Maxe, geh weg!“, quiekte Frieda direkt in sein Ohr. Maxe machte eine erschrockene Bewegung zur Seite und stieß dabei mit einer weiteren Person zusammen.
Puff!, machte es noch einmal.
„Maxe bist du das? Ich seh überhaupt nix mehr …“, heulte Anton im Dunkeln.
Puff! Abermals schlug jemand neben ihm auf.
Hektisch tastete Maxe um sich. „Wie auch, hier ist es stockfinster …“
„Hilfe, ich habe Angst!“, jammerte nun von irgendwoher Suse.

Maxes Hand fand etwas Nasses, Schmieriges.
„Wau!“, meldete sich darauf eine vertraute Stimme.
„Igitt, Makkaroni, war das etwa deine Zunge?“, kicherte Maxe, während er endlich den gesuchten Gegenstand ertastete. „Bingo!“ Er riss die Taschenlampe in die Höhe. Der Strahl traf Elinores weit aufgerissene Augen.
Puff!
Eine riesige Staubwolke stob ins Licht der Lampe.
„Bähhh! Was ist das denn bitte?“ Karls grau gepuderter Kopf kam zum Vorschein. Hektisch schlug er mit den Händen um sich. „Jetzt muss ich schon wieder Haare wasch…“
Maxe beäugte den Berg schmutzigen Stoffs unter sich und den anderen Kindern.
Felix gackerte vor sich hin. „Karl, du siehst echt komisch aus!“
Klong! Karls Hand stieß gegen eine Metallstange, die hinter ihm in die Luft ragte.
Ein Rucken ging durch den Haufen, auf dem die Kinder gelandet waren.

Maxe riss den Kopf hoch. „Woah! Was ist das denn schon …“
Sie setzten sich in Bewegung.
Suse kreischte auf.
Der Strahl von Maxes Lampe traf die Tunnelwand. Dann ein Kind nach dem anderen. Dann wieder seinen Hundekumpel, der nun aufgebracht zu bellen begann. Und dann endlich die stählerne Umrandung ihres Gefährts.
„Abgefahren!“, wisperte er, während sie langsam Fahrt aufnahmen. „Ein echter Minenwagen!“
„Karl, dasss war die Bremsssse!“, seufzte Pascal und deutete auf die Stange, die Karl mit der Hand erwischt hatte.
In diesem Moment ruckte der Waggon zur Seite.
„Wahhh!“, schrien die Kinder. Maxe rutschte vorwärts, wobei er abermals die Taschenlampe verlor.
Dann kippte der Minenwagen vorneüber.
„Ahhh!“, schrie nun auch Maxe, zusammen mit seiner Klasse im Chor, während sie in einem Affenzahn in die Tiefe rauschten. Tausend

Gedanken schossen ihm auf einmal durch den Kopf. Wo waren sie hier? Ein Stollen? Eine stillgelegte Mine? Aber wo fuhren sie dann überhaupt hin? Und vor allem würden sie …

„… sssterben!!!“, kreischte Pascal. „Wir werden alle sssterben!“

Verbissen klammerte sich Maxe an die Seitenwand des Wagens. Seine Taschenlampe musste irgendwo zwischen die verstaubten Stofffetzen gefallen sein, denn ihr Schein erhellte die Decke. Immer schneller schossen sie durch den Tunnel, der Fahrtwind peitschte Maxe die Haare nach hinten, Makkaronis Ohren schlackerten.

Doch so schnell, wie die Talfahrt begonnen hatte, hörte sie auch wieder auf.

Noch einmal ging ein heftiger Ruck durch den Wagen. Die Kinder wurden zurückgerissen – und schwups rasten sie auch schon wieder bergauf.

„Mir issst kozzzübel!“, jaulte Pascal und würgte laut.

„Bähhh! Untersteh dich!“, fauchte Anton, wobei er panisch versuchte von Pascal abzurücken.

Dabei kickte er mit dem Fuß die Taschenlampe zurück in Maxes Arme.
„Yeah!“, jubelte der und riss die Lampe in die Höhe. Gerade rechtzeitig, denn nur wenige Meter vor ihnen kam die Stollendecke auf einmal gefährlich nahe an die Schienen heran.
„Achtung!“, brüllte Maxe. „Kopf einziehen!!!“
Zum Glück war die Klasse mittlerweile ein eingespieltes Team und alle warfen sich auf Maxes Kommando hin flach in den Waggon.
Ein letztes heftiges Rumpeln erschütterte das Gefährt. Lautes Quietschen erfüllte den Tunnel und hallte von den Wänden.
BOOOM!
Der Wagen kam donnernd und scheppernd zum Stillstand.
Einen Moment rührte sich keiner. Dann hob Maxe langsam den Kopf. Staub rieselte ihm aus den Haaren und er wischte sich blinzelnd über die Augen. „Abgefahren!“
„Das kannst du wohl laut sagen!“, stöhnte Frieda, während sie sich mühsam aufrappelte. „Knutschi?

Alles okay bei dir?“, fragte sie ihre Katze. Ein klägliches Miauen war die Antwort.
„Ja, dreckig sind wir jetzt alle!“ Lächelnd strich Frieda der Katze den Staub aus dem Fell.
„Ssschaut mal!“, schrie Pascal auf einmal laut. „Da issst Licht zzzu sssehen!“
„Du hast recht! Das muss der Minenausgang sein!“, lachte Felix. Überdreht sprang er aus dem Wagen, nur um prompt über einen Haufen Bretter zu fallen. „Autschi!“
Frieda stieg als Nächstes aus dem Fahrzeug. „Das muss der Prellbock gewesen sein. Der ist jetzt jedenfalls Kleinholz“, verkündete sie, während sie Felix beim Aufstehen half.
„Wenigstens sind wir kein Kleinholz ...“, nölte Elinore hinter einem grauen Schleier – der aus ihren verstaubten Haaren bestand – hervor.
Makkaroni bellte. Mit einem gekonnten Satz sprang er auf die Gleise und hüpfte los – dicht gefolgt von seinem Herrchen.
Nach einigen Metern ging es plötzlich steil bergauf.

„Vorsicht, nicht abrutschen!“, warnte Frieda ihre Mitschüler.
Und endlich, nach der nächsten Biegung öffnete sich der Tunnel.
„Maxe, da vorn!“, rief Karl und rannte los. „Ich glaube, ich sehe was!“
Jetzt konnte Maxe auch die Taschenlampe ausknipsen. Tatsächlich! Ein heller Streifen Grün war vor ihnen zu sehen.
Eilig brachte die Klasse die letzten Meter hinter sich. Dickes Gestrüpp versperrte den Höhlenausgang.
Karl brach als Erstes hindurch. Lachend stürmte er ins Freie.
Maxe blieb stehen. „Karl, vielleicht solltest du besser erst …“
Gerade verschwanden Karls Füße im Busch, dann ertönte ein Schrei.
Alarmiert schob Maxe die Zweige beiseite. „Was ist denn …“ Ihm stockte der Atem.
Direkt vor ihnen ging es senkrecht bergab!

Mission: Duell der Schulen 505.ZZZ.5/13

DIENSTAG, 10. SEPTEMBER

LBE:

2 Schluck Wasser
1 zerdrückter Keks
Hundehalsband

19:22 UHR. WALD. TAL DER TRÜBEN TEICHE.

Ist es denn zu fassen? Nach meinem gescheiterten Fluchtversuch haben mich diese Strolche auch noch aufgehängt. Nun gut, ich bleibe zuversichtlich. Denn seit einigen Minuten bin ich nicht mehr allein hier drin. Mein Zellengenosse muffelt, aber immerhin ist er schön kuschelig weich. Zack wird kommen und uns befreien, da bin ich mir sicher! Und dann werden diese First-Klaas-Heinis ihr blaues Wunder erleben. So wahr ich Rasputin Rumpus heiße!

MfG Insp. RR

Pilz-Panne

Panisch ließ Maxe sich auf den Boden fallen. „Karl, wo bist du?“

Und da sah er ihn! Der Klassensprecher hockte rittlings auf einer Wurzel, die aus dem Abhang ragte. Maxe seufzte. „Komm schon, ich zieh dich hoch!“ Er streckte Karl eine Hand entgegen, während Frieda und Pascal seine Beine festhielten. Keuchend kletterte Karl zurück auf den Felsvorsprung.

Zu Füßen des Bergkamms erstreckte sich der Wald. Doch dahinter leuchteten mehrere Seen in der Abendsonne.

„Das muss das Tal der trüben Teiche sein“, sagte Frieda und nahm Knutschi auf den Arm.
Maxe lachte. „Vielleicht haben uns die First-Klaas-Schüler sogar einen Gefallen getan!“
Viktor räusperte sich. „Wie meinst du das?“
Alle sahen ihn verwundert an.
„Du kannssst ja sssprechen!“, grunzte Pascal.
Maxe verschränkte die Arme vor der Brust. „Na ja, die dachten sicher, wir verlaufen uns da drinnen und finden nie wieder raus. Und während die jetzt mühsam über den Berg kraxeln, haben wir eine Abkürzung entdeckt!“
Neugierig lugte Felix an Maxe vorbei. „Fragt sich nur, wie wir da runterkommen, bevor es stockfinster ist.“
„Ist doch logo! Abseilen natürlich“, verkündete Maxe und kramte sein Kletterseil hervor.
„Also mir reicht es jetzt!“, jammerte Karl. Suse und Elinore heulten im Chor dazu.
„Ach kommt schon! Das Camp muss irgendwo da unten sein!“, mischte sich Frieda ein. „Wenn wir uns beeilen, schaffen wir es vielleicht sogar noch vor der First-Klaas-Schule durchs Ziel.“

Elinores Magen knurrte. Es hörte sich an wie Protest. Verschreckt zog sie den Kopf ein.
Pascal nickte. „Ich hab ssso einen Riesssenhunger! Könnte ein ganzzzesss Ssschwein versssspeisssen."
„Vielleicht schaffen wir es ja pünktlich zum Abendessen?", ergänzte Frieda.
Plötzlich meldete sich Hermes zu Wort. „Hier gibts essbare Pilze!" Er streckte den anderen eine Handvoll brauner Knollen entgegen. „Die wachsen dort drüben am Höhleneingang." Er grinste breit.
Argwöhnisch beäugten die Kinder die Pilze.
„Wasss isss'n dasss?", fragte Pascal.
„Das sind gewiss Champignons!", verkündete Karl von Streichzapf. „Die schmecken gut zu Rinderfilet." Schon hatte er sich einen Pilz in den Mund gestopft.
Hermes nickte eifrig.
Frieda wirkte skeptisch. „Bei Pilzen ist große Vorsicht geboten! Viele sind giftig. Man sollte sie nur dann verzehren, wenn man sich wirklich sicher ist, die Pilze zu kennen."
Karl kaute genüsslich. „Die sind super! Gekocht allerdings eine echte Delikatesse."

„So was Gesundes esse ich eh nicht. Schon gar nicht ohne Pizza." Maxe schlang sein Seil um die Wurzel. „Ich geh schon mal vor."
„Ich komme mit!", rief Frieda.
Felix schloss sich an. „Ich auch! Pilze mag ich nicht."
Maxe schwang sich über die Kante, doch ein empörtes Bellen ließ ihn innehalten. „Oh, stimmt ja, das wird eher schwierig für dich, Makkaroni." Der Labrador schaute ihn erwartungsvoll an. „Ich fürchte, Kumpel, du musst den Anfang machen. Aber keine Sorge, ich komme gleich hinterher." Maxe ging in die Knie, wickelte Makkaroni das Seil um den Bauch und verknotete es mehrmals. Zur Sicherheit schlang er es auch noch mal um die Wurzel. „Okay, so sollte es gehen!"
Der Labrador wedelte mit dem Schwanz.
„Okay, Kumpel, aber schön ruhig bleiben, ja?"
Maxe kletterte vorsichtig auf die Wurzel und bedeutete Makkaroni, ihm zu folgen. „Hier!" Er warf Frieda und Felix das andere Seilende zu. „Ihr müsst mir helfen, ihn zu halten."
Seine Freunde nickten und griffen nach dem Seil.

Maxe strich dem Labi ein letztes Mal über den Kopf, dann ließ er ihn langsam nach unten. Zu seiner Erleichterung wedelte Makkaroni noch immer fleißig mit dem Schwanz.

Frieda lachte. „Er ist der geborene Pfadfinderhund."

Makkaroni drehte sich ein paarmal um die eigene Achse, dann berührten seine Pfoten auch schon den Boden.

„Okay, ich gehe als Nächstes und mach ihn wieder los!" Maxe packte das Seil, das die anderen Kinder noch immer festhielten. Mit den Füßen stemmte er sich gegen die Felswand und lief langsam abwärts. Zum Glück fanden seine Turnschuhe genügend Halt. Maxe grinste, drückte sich von den Felsen ab und ließ dann los.

In dem Moment verschwand die Sonne hinter den Bäumen. Abkürzung hin oder her. Sie mussten sich wirklich beeilen!

Geschmeidig landete Maxe im weichen Moos. Dann drehte er sich um. „Makkaroni, komm her, dann kann ich dir das Seil …“ Verdutzt riss er die Augen auf.

Unten am Boden lag Makkaronis Halstuch, doch von seinem Hundekumpel war weit und breit nichts zu sehen. „Makkaroni?“ Er hob das Seilende auf. „Seltsam …“ Der Knoten hatte sich gelöst – obwohl er ganz fest gewesen war. Maxe hob den Kopf und blickte sich um.

Plötzlich trat eine dunkel gekleidete Gestalt aus dem Schatten des Waldes.

„Suchst du vielleicht deinen Hund?“ Die Person kam näher.

Maxe atmete erleichtert auf. „Ja, genau, blond, verfressen, wedelt den ganzen Tag mit dem Schwanz …“ Er stockte. „Klaas First?“, entfuhr es ihm ungläubig. Was zum Geier hatte der Schulleiter hier zu suchen?

„Ganz genau“, sagte der ältere Junge und

betrachtete gelangweilt seine Fingernägel. „Was macht der denn hier?“ Anton landete neben Maxe im Gras und rückte erst mal seine Brille zurecht.

Klaas lachte kalt. „Kleines Schlammbad genommen, wie ich sehe?“

„Was wollen Sie?“, fragte Frieda genauso unfreundlich zurück und stellte sich neben Maxe. Knutschi auf ihrem Arm fauchte gefährlich.

„Ich bin hier, um euch ein Geschäft zu unterbreiten.“ Klaas musterte die Schnittlich-Schüler herablassend.

„Pilzzzz?“, fragte Pascal und bot Klaas eine der schrumpeligen Knollen an.

Klaas ignorierte ihn. „Ihr bleibt die Nacht über hier, dann bekommt Maxe morgen früh seinen Hund zurück. Wie hieß das verfressene Biest noch mal … Tortellini, oder?“

Frieda sog entsetzt die Luft ein. „Was haben Sie mit ihm gemacht? Wo ist Maxes Hund?“

Maxe selbst war zu geschockt, um irgendetwas zu sagen. Wo war sein Hund? Und warum sollten sie hier übernachten? Schließlich waren sie so gut wie durchs Ziel!

„Ihr müsst wissen, *Kinder*“, Klaas zog das letzte Wort in die Länge. „Die First-Klaas-Schule verliert niemals. Das ist nun mal Fakt. Also werdet ihr warten, bis meine Schüler durchs Ziel sind. Denn wenn nicht …“ Sein Blick wanderte durch die Runde der mittlerweile vollständig versammelten Schnittlich-Kinder. „… kommt Maxes Hund Cannelloni noch heute in die Lasagne. Verstanden?“

Suse fing an zu weinen und auch Maxe konnte die Tränen nur mühsam zurückhalten.

„Wo ist mein Hund?“ Er ballte die Fäuste. „Das wirst du mir büßen! Was für Feiglinge seid ihr eigentlich? Nur um bei so einem dämlichen Wettbewerb zu gewinnen, entführt ihr Hunde und lasst eure Freunde im Stich?“

Klaas zog die Augenbrauen hoch. „Ach ja, wo wir gerade davon sprechen …“ Gelangweilt winkte er den beiden geretteten Jungs zu. „Kommt her, ihr zwei! Gute Arbeit! Wie ich sehe, habt ihr euer

Bestes getan, den Kindergarten hier ein wenig auszubremsen."

Ohne ihre Retter noch eines Blickes zu würdigen, marschierten die beiden Jungs hinüber zu ihrem Schulleiter.

Die Schnittlich-Schüler brachen in lautes Protestgeheul aus.

„Ich glaub, ich sehe nicht recht!", rief Anton.

„He, wasss ssseid ihr denn für miessse Betrüger? Wir haben euch ssschließßßlich geholfen!", wetterte Pascal.

„Erbärmlich!", murmelte Elinore.

Frieda schäumte vor Wut. „Ihr habt uns ausgetrickst! Das werdet ihr bereuen!"

„Dachtet ihr Dummies wirklich, ich lasse jemanden zurück?" Der Schulleiter seufzte. „Das war eine rhetorische Frage. Schließlich müssen die Klassen vollständig durchs Ziel!" Klaas hob die Hand. „Arrivederci, meine Freunde. Ich wünsche eine angenehme Nacht!"

Maxe hielt es nicht mehr aus. Panisch lief er dem Schulleiter hinterher – als ein Schrei ihn abrupt innehalten ließ.

„Ahhhh, ich sterbe!“ Karl lag am Boden und hielt sich den Bauch. Gekrümmt rollte er durchs Moos.

Maxe rutschte das Herz in die Hose. Erschrocken ließ er sich neben Karl fallen. „Was ist los mit dir, Alter? Was geht ab?“

Auch Frieda und die anderen Kinder eilten herbei.

„Er hat die Pilze gegessen! Von Hermes, diesem Verräter …“

„Die sind bestimmt giftig!“, heulte Suse.

„Er ssstirbt!“, nickte Pascal und war auf einmal kreidebleich. Geschockt drehte er seine Hosentaschen um, sodass die Pilze herausfielen.

Karl wand sich weiter am Boden, das Gesicht ins Moos gepresst.

Frieda versuchte ihn umzudrehen. „Am Ende erstickt er noch!“, keuchte sie.

Da hörte Karl mit einem Mal auf sich zu bewegen.

„Jetzt ist er tot“, flüsterte Elinore mit Grabesstimme.
Maxe beugte sich über Karl – und der brach in schallendes Gelächter aus.
„Erwiiiiischt!“, gackerte er und wirbelte blitzschnell herum. „Maxe, du solltest mal dein Gesicht sehen!“
Maxe riss die Augen auf. Genau wie die übrigen Kinder.

Mission: Duell der Schulen
505.ZZZ.5/14

DIENSTAG, 10. SEPTEMBER

LBE:

½ Schluck Wasser
1 Krümel trockenes Brot

21:53 UHR. WALD. TAL DER TRÜBEN TEICHE.

Liebe Kollegen, falls dies meine letzten Worte sein sollten, seid gewiss: Ich bereue nichts! Der Kampf gegen die Langeweile, gegen das träge Herumsitzen, das nichtsnutzige Däumchendrehen – es war mir eine Ehre, ihn Tag und Nacht zu führen. Nun lebt wohl, meine geschätzten Kollegen.

Euer Insp. RR

Über alle Berge

Karl sprang auf die Füße und tanzte im Kreis. „Dieser Wettbewerb ist einfach so lustig!" Dann ließ er sich wieder zu Boden fallen. Im nächsten Moment raste er wie ein Affe auf allen vieren herum.

Mit offenen Mündern verfolgten seine Mitschüler das Spektakel.

„Hat noch jemand von den Pilzen probiert?", fragte Frieda schließlich kopfschüttelnd.

Niemand meldete sich.

„Ich … ich hab kurzzz dran geleckt", gestand Pascal zerknirscht. „Die waren aber voll eklig."

„Nicht so schlimm, bei dir würde es eh niemandem auffallen“, kicherte Felix.
Frieda seufzte erleichtert. „Okay, Glück gehabt!“
Dann wandte sie sich Maxe zu, der mit hängenden Schultern neben ihr stand. „Keine Sorge, wir finden Makkaroni!“
Maxe sah sie traurig an. „Dieser Klaas ist doch längst über alle Berge mit ihm!“
„Schneewittchen und die sieben Zwerge … sind längst schon über alle Berge!“, sang Karl und tanzte mit rudernden Armen über die Lichtung. „Warum? Werdet ihr euch fragen …“
Frieda tippte sich mit dem Finger an die Stirn. „Ihr bringt mich auf eine Idee! Schaut doch mal!“ Sie zeigte auf den Berg, durch den sie eben gekommen waren. „Die First-Klaas-Schule muss auch darüber. Sicherlich gibt es nur einen Weg hier rüber!“
Versehentlich kickte Karl eine leere Limodose ins Gebüsch. „Sie konnten's nicht ertragen!“
Hoffnung schimmerte in Maxes Augen. „Na klar, Frieda, du bist genial! Wir müssen ihnen entgegengehen, die Wegweiser-Fähnchen wiederfinden und dann …“

„Mir reichts!“, trällerte Karl in voller Lautstärke. „Weeer hat meiiiiinen Waaaald versaaaaaut?“ Dabei zog er, zusammen mit der Limodose, ein langes Stück Plastik aus dem Gebüsch. Elegant hüpfte er damit durchs Unterholz.

Frieda sog aufgeregt die Luft ein. „Karl? Wo hast du das her!?“

Auch Maxe lief bereits los. „Karl hat eine Wegmarkierung gefunden!“

Der Klassensprecher saß im Gras, die Arme erhoben, und wedelte mit dem Flatterband.

„Wo hat er das her?“ Felix suchte die Büsche ab und auch die anderen Kinder setzten sich in Bewegung. Der Hunger war auf einmal vergessen.

„Das arme Hündchen“, jammerte Suse und durchkämmte zusammen mit Elinore das Unterholz. „Wir müssen diese Schufte finden!“

„Hier, ich hab wasss!“, rief Pascal auf einmal. „Da issst ein Trampelpfad!“

Die Schnittlich-Schüler rannten los. Frieda stupste Karl an. „Komm schon, Schneewittchen! Nicht einschlafen! Wir müssen weiter!“ Sie packte den Klassensprecher am Arm, nahm ihm das

Flatterband mit der Dose ab und stopfte alles zum restlichen Müll in seine Aktentasche.
Fröhlich grinsend folgte ihr Karl zurück auf den Weg. „So super von dir, Frieda!“, lobte er sie. „Du bist klasse, einfach supergenial, eine Umweltschützerin mit Herz …“
Der Trampelpfad führte sie zurück zum Berghang. Im Zickzack ging es den Berg hinauf. Schwitzend und japsend kämpften sich die Kinder den steilen Weg hinauf. Während sie liefen, wurde es immer

dunkler. Von den trüben Seen unter ihnen war nichts mehr zu sehen. Die Geräusche des nächtlichen Waldes und Karls Gebrabbel begleiteten sie auf ihrem Weg.
Als sie schließlich die Bergkuppe erreicht hatten, legte Maxe einen Finger auf die Lippen. „Schsch! Seid mal still!“ Er duckte sich hinter einen Felsen. Vorsichtig spähte er nach unten ins Tal. Ein sanftes Flackern zuckte zwischen den Bäumen hin und her und tauchte die dunklen Tannen in rötliches Licht. „Da unten! Das müssen sie sein! Da brennt ein Feuer …“
Maxe hielt es kaum noch aus. Irgendwo dort musste sein Hundekumpel sein! Er stolperte los. „Ich geh da jetzt runter und ihr …“

„Wir lenken sssie wieder ab?“, fragte Pascal hoffnungsvoll.
„Pascal hat recht, Maxe, wir brauchen einen Plan!“ Frieda hielt ihn zurück.
Peng! Kling! Klong!, schepperte es durch die Stille.
Suse kreischte auf.
Doch Karl hatte nur seine Aktentasche auf dem Boden abgestellt.
Alle sahen zum Klassensprecher. „Mir reichts, ich hau mich jetzt aufs Ohr!“, lallte er schläfrig, warf sich auf die Tasche und war im nächsten Moment schon eingeschlafen.
Felix kicherte, während es unter Karls Kopf weiterhin klirrte und rumste.
Pascal stöhnte. „Bei dem Krach wird er ssschon mal nicht von Ssschlangen gebissssssen.“
„Dafür wissen jetzt alle, dass wir hier sind“, gähnte Elinore.
„Nicht unbedingt!“, rief Frieda, wobei sie Karls Aktentasche langsam unter ihm hervorzog. Sie öffnete den Reißverschluss und zeigte den Inhalt in die Runde. „Pascal, du wolltest doch für Ablenkung sorgen, oder?“

Grinsend zog ihr Mitschüler Karls gesammelten Müll heraus. „Kraasssss!“
Frieda schmunzelte. „Kleiner Spuk gefällig?“
Pascal und die übrigen Kinder stürzten sich begeistert auf die Dosen, Einwegflaschen, Flatterbänder und Plastiktüten.
Frieda nahm Maxe am Arm. „Los gehts. Bis die anderen fertig sind, legen wir uns schon mal auf die Lauer.“
So leise wie möglich schlichen sie den Weg hinunter, bis sie am Fuße des Berges angekommen waren. Vor ihnen erstreckte sich Wald, doch zwischen den Bäumen war deutlich das Flackern eines Feuers zu erkennen. Auf einmal hörten sie ein seltsames Trommelgeräusch, gefolgt von Gelächter und leisem Gesang. Ein Tier heulte auf.
Maxe lief ein Schauer über den Rücken. „Und was ist, wenn sie uns schon entdeckt haben und Makkaroni …“
„Ihm geht es gut. Klaas muss sich an unsere Abmachung halten, sonst riskiert er den Sieg.“
Maxe entspannte sich ein wenig. Friedas Worte klangen logisch. Trotzdem machte er sich Sorgen.

Sie huschten zwischen den Bäumen hindurch in Richtung des Feuers. Schon bald erreichten sie eine kleine Lichtung und konnten die Umrisse von Zelten erkennen.
„Wo haben die nur das ganze Zeug her?", fragte Frieda zähneknirschend. „Hat das jemand mit dem Auto gebracht?"
Zu Maxes Unmut roch es auf einmal auch noch ganz verführerisch nach Essen. Sein Magen knurrte. „Hm, vielleicht überlege ich mir das noch mal mit den Pilzen!", witzelte er.
Sie duckten sich ins Gebüsch. Doch von den First-Klaas-Schülern war nicht viel zu sehen. Maxe ließ seinen Blick über das Lager schweifen – und wäre fast aus dem Busch gekippt. Über dem Lager baumelte – am Ast einer alten Eiche – ein großer Käfig. Und in diesem Käfig saß …
„Makkaroni!", krächzte Maxe.
Seine Freundin keuchte auf.
Keine Frage, die First-Klaas-Schüler hatten den Käfig aus Zweigen und Ästen selbst gebaut. Am liebsten wäre Maxe sofort auf die Lichtung gesprungen, um seinen Kumpel zu befreien.

„Hey, Maxe, da ist noch jemand im Käfig!", wisperte Frieda auf einmal. „Ein Mensch!"
„Was? Haben die etwa einen ihrer Mitschüler eingesperrt?", fragte Maxe ungläubig.
„Möglich wäre es. Denen traue ich alles zu …", gab Frieda zurück.
In dem Moment ertönte ein lauter Knall. *Peng!*
Maxe und Frieda zogen die Köpfe ein.
Noch einmal knallte es ohrenbetäubend, dann begann es zu rasseln. Minutenlang folgte ein schauriges Geräusch aufs andere.
„Was ist das?", kreischte ein Mädchen und schoss aus dem Zelt direkt vor Maxes und Friedas Versteck.
„Keine Ahnung", jammerte ein anderes Kind.
Gemeinsam liefen sie zur Feuerstelle.
„Das müssen Pascal und die anderen sein. Jetzt oder nie!", flüsterte Maxe, sprang aus dem Gebüsch und eilte auf den Baum mit dem Käfig zu.
Frieda folgte ihm zögerlich. „Warte mal, wir haben doch gar keinen Plan."
„Ich hab schon eine Idee!", zischte Maxe, während er in seinen Rucksack griff und die Armbrust

herauszog. „Zum Glück hab ich die mitgenommen."
Während die Freunde in geduckter Haltung neben dem Baum kauerten, verknotete Maxe das Kletterseil mit dem Haken. Er legte an und zielte in das dichte Blätterdach der Eiche.
Diesmal hatte er jedoch kein Glück. Raschelnd fiel der schwere Haken auf der anderen Seite des Asts ins Gebüsch.
„Mist!", stöhnte Maxe. Er sah sich um. Zum Glück schienen die First-Klaas-Schüler nichts mitbekommen zu haben. Sie rannten immer noch planlos durcheinander und schrien sich gegenseitig Befehle zu.
Doch da erspähte Maxe auf einmal eine bekannte Gestalt zwischen den Zelten: Klaas First der Dritte!
Maxe fluchte: „Mist, Mist und noch mal Mist!"
Frieda rüttelte ihn an der Schulter. „Hauptsache, das Seil hängt über dem Ast! Du kannst dich auch so hochziehen!" Sie kroch ins Gebüsch und befreite das andere Seilende von dem Haken.
„Hier!" Sie hielt ihm beide Seilenden hin.
Maxe schlug sich gegen die Stirn. „Na logo!" Er

schlang sich die Seilenden um die Handgelenke, bis sie straff saßen. Dann griff er in die Seile, stemmte sich mit den Füßen gegen den Baumstamm und begann zu klettern.

Mission: Duell der Schulen 505.ZZZ.5/15

DIENSTAG, 10. SEPTEMBER

LBE:

Beiger Agentenmantel
Hut
Nachtsichtgerät
Große lange Nase

22:15 UHR. FIRST-KLAAS-ZELTLAGER. TAL DER TRÜBEN TEICHE.

Endlich wieder auf freiem Fuß! Das war ja nicht auszuhalten. Aber auf die Agenten Zack und Geratwol ist einfach Verlass. Jetzt muss ich aber zusehen, dass ich zurück zum Ziel komme, bevor es den First-Klaas-Schummlern gelingt. Die können was erleben! Haha! So wahr ich Inspektor Rasputin Rumpus heiße.

MfG Insp. RR

Im Lager des Feindes

Maxe schwitzte. Das prasselnde Lagerfeuer brannte heiß in seinem Rücken. Er kletterte noch höher. Endlich hatte er den Ast erreicht, an dem der Käfig hing. Maxe zog sich hoch und schon saß er rittlings darauf. Frieda schloss erleichtert die Augen.

Während Maxe sich an dem Ast entlanghangelte, schlich sie langsam zur Feuerstelle hinüber. Die Kinder hatten das Lager verlassen und selbst von Klaas First war nichts mehr zu sehen. Nur zwei breitschultrige Jungs waren zurückgeblieben und bewachten die Zelte.

Die beiden starrten wie gebannt in den Wald, aus dem noch immer die gruseligsten Geräusche zu ihnen herüberschallten.

Plötzlich sprangen sie auf und verschwanden in der Dunkelheit.

Frieda schluckte. Sie konnte nur hoffen, dass ihre Mitschüler sich versteckten – bevor sie auch noch gefangen wurden.

„Abgefahren!“, hörte sie Maxe rufen.

Alarmiert blickte sie zu ihm hoch. Da erkannte sie, wer noch im Käfig saß. „Inspektor Rumpus? Was machen Sie denn da oben?“, rief sie erschrocken.

Makkaroni und der Inspektor hockten eingequetscht im Käfig. Als er Maxe sah, begann Makkaroni freudig mit dem Schwanz zu wedeln.

„Autsch!“ Inspektor Rumpus, dem der Schwanz ins Gesicht peitschte, setzte sich auf.
„Schsch! Ruhig, Makkaroni!“, zischte Maxe, während er den Knoten des Käfigs zu lösen versuchte. Das dicke Hanfseil war fest mit dem Ast vertäut. „Wenn du nicht still bist, fliegen wir auf!“
„Was ich hier mache?“, flüsterte der Inspektor gut gelaunt. „Nach was sieht es denn aus?“ Seine hellblauen Augen blitzten Frieda amüsiert entgegen. „Abhängen natürlich.“
Im nächsten Moment sank der Käfig abwärts. Frieda sprang erschrocken zurück, als die beiden Gefangenen vor ihr auf dem Waldboden aufschlugen. Holz splitterte und Äste flogen umher. Makkaroni bellte fröhlich, um Frieda zu begrüßen. Der Inspektor kämpfte mit seinem Mantel.
Maxe schlang derweil die Arme um den Ast wie ein Affe und ließ sich dann – Füße voraus – nach unten fallen. „Prima, nix wie weg hier!“
„Nicht so schnell!“, bremste ihn eine kalte Stimme. „Ihr glaubt wohl, ihr wärt mir einen Schritt voraus

mit eurem kleinen Ablenkungsmanöver." Die Freunde wirbelten herum.

Neben der Feuerstelle stand Klaas. Aber er war nicht allein. Der Schulleiter hatte Karl an der Jacke gepackt und hielt ihn mühsam aufrecht. „Den hier habe ich am Wegesrand gefunden. Hab es kaum geschafft, ihn aus seinem Dornröschen-Schlaf zu wecken."

Laut gähnend begann Karl sich zu recken.

Nun schob sich der Inspektor nach vorn. Er sah nicht sehr freundlich aus. „So geht es aber nicht!", wetterte er in die Runde. „Hier wird mit unfairen Mitteln gespielt!"

Karl zuckte erschrocken zusammen. „Der Inspektor!", flüsterte er ehrfürchtig.

„Unfaire Mittel? Das sagt ja genau der Richtige!" Klaas lachte böse und starrte den Inspektor herausfordernd an. „Ich habe Sie dabei erwischt, wie sie einen verdächtigen Metallka..."

Boing!

Ein harter Gegenstand traf Klaas den Dritten am Hinterkopf. Er verdrehte kurz die Augen und ging dann zu Boden.

Maxe riss die Augen auf. „Frau Penne?“, rief er mit Frieda und Karl im Chor.
Vor ihnen stand niemand anders als ihre wutschnaubende Klassenlehrerin mit einer Bratpfanne in der Hand.
„Niemand entführt mitten in der Nacht meine Schüler!“, schimpfte die Lehrerin und ließ die Pfanne ins Gras fallen. Mit einem Satz war sie bei den Kindern. „Da seid ihr ja! Ich habe euch schon überall gesucht! Habt ihr euch verlaufen? Wo ist der Rest der Klasse? Ihr solltet doch schon seit Stunden …“
Der Rest ihres Satzes ging in lautstarkem Geschepper und Geklirr unter, als eine ganze Horde Schüler ins Lager einfiel.
„Wasss sssteht ihr denn ssso dämlich rum? Ssschnelll! Die hängen unsss sssonst ab!“, schrie Pascal.
Maxe sah verständnislos von einem Kind zum anderen. „Wieso abhängen? Die First-Klaas-Schüler …“
Frieda schlug sich gegen die Stirn. „Mir kam diese Befreiungsnummer ja gleich viel zu leicht vor!

Klaas muss das geplant haben, um *uns* abzulenken." Böse blickte sie auf die zusammengesunkene Gestalt des gegnerischen Schulleiters.
„Das nennst du leicht?", krächzte Maxe heiser. „Fast wäre Makkaroni in der Lasagne gelandet!"
Frau Penne unterbrach den Streit der Freunde. „Pascal hat recht. Kommt, Kinder, nicht herumstehen und Maulaffen feilhalten. Wir haben schließlich einen Wettbewerb zu gewinnen!" Mit diesen Worten zückte sie ihre Taschenlampe und stapfte los, dicht gefolgt von ihrer Klasse.
„Frau Penne! Sie haben mich gerettet", rief Karl versonnen und sprintete neben seine Lehrerin. „Danke!"
Maxe kratzte sich am Kopf. „Ja, äh, und Makkaroni auch und den …" Er drehte sich um. Wo war denn der Inspektor schon wieder hin?
Die Lehrerin lächelte verlegen. „Ich war einfach zur rechten Zeit am rechten Ort. Nachdem der Schiedsrichter nicht mehr aufkreuzte und ihr nicht da wart …"
„Ja, wo ist dieser Schiedsrichter eigentlich

geblieben?", fragte Elinore misstrauisch und spähte in die Dunkelheit. „Sollte der nicht für Ordnung sorgen?"
Die Klasse nickte eifrig.
„Die First-Klaas-Schule spielt nicht fair!", beschwerte sich Suse weinerlich.
Frieda fuhr herum. „Vielleicht kann der Inspek..."
Maxe schüttelte stumm den Kopf und zog seine Freundin zur Seite. „Rumpus ist weg! Meinst du, er ist sauer, weil wir den Auftrag noch nicht erfüllt haben?"
Unsicher wechselten die Freunde einen Blick. „Wir haben noch Zeit", flüsterte Frieda und schaute auf die Uhr. „Aber nicht mehr lange."
Wuff! Wuff! Wuff!, kläffte Makkaroni plötzlich laut. Dann fing er an, auf der Stelle zu hüpfen.
Whoooooo!, heulte er fröhlich und sprang auf die Hinterbeine.
Maxe lachte. „Hey, was ist denn mit dir los, Kumpel! Cooler Stunt! So was hast du auch noch nie gemacht."
Während Makkaroni einen Purzelbaum über den Waldweg schlug, fingen die Kinder an zu lachen.

„Ich glaube, der hat ein paar Pilze abbekommen", räumte Karl ein.
„Was, du hast Pilze gefressen?", rief Maxe aufgebracht.
Makkaroni bellte zur Antwort vergnügt. „Wau, wau, wau!" Dabei klang er fast ein wenig stolz.
Sein Herrchen runzelte die Stirn. „Kannst du jetzt singen wie Karl?"
Makkaroni stellte sich noch einmal auf die Hinterbeine und stimmte ein helles Gejaule an, das tatsächlich ein wenig wie Karls Lied klang.
„Ich glaube, der versssteht dich!", lispelte Pascal begeistert. „Makkaroni der Sssuperdog!"
Mittlerweile waren sie wieder am Berghang angekommen und kraxelten im Gänsemarsch zurück nach oben.
„Wenn wir bloß einen Spürhund hätten", seufzte Frieda.
Da stemmte Makkaroni direkt vor Frieda die Füße in den Boden und hielt die Nase in den Wind.
„Ups!", quiekte Frieda erschrocken.
Um ein Haar wären die Freunde über ihn gestolpert.

„Hey, Kumpel, was ist denn jetzt schon wieder los?“, wunderte sich Maxe.

Wuuuuuhhhh!, heulte der Labrador wie ein Wolf und sprintete los.

Maxe und Frieda sahen sich an. „Meinst du, er hat das gerade verstanden?“, flüsterte Maxe hoffnungsvoll.

„Hey, wo rennt dein Hund schon wieder hin?“, kicherte Felix.

Doch Maxe war bereits durchgestartet. Noch mal würde er Makkaroni nicht verlieren!

Mission: Duell der Schulen 505.ZZZ.5/16

MITTWOCH, 11. SEPTEMBER

LBE:

Sauerstoffflasche
Taucherbrille
Handtuch

00:00 UHR. FREIZEITCAMP. TAL DER TRÜBEN TEICHE.

Oh nein! Wie es aussieht, komme ich tatsächlich zu spät. Die First-Klaas-Schule nähert sich mit lautem Gebrüll der Zielgeraden, aber Moment, was ist das … etwas Wildes bewegt sich im See! Das werde ich mir ansehen. Ich muss Schluss machen.

MfG Insp. RR

Sssuperdog

Im Rennen fischte Maxe nach seiner Taschenlampe in der Seitentasche seines Rucksacks. Gerade bekam er sie zu fassen, als Frieda an ihm vorbeizog.
„Komm schon, wir müssen ihn einholen!“, rief ihm seine Freundin zu.
Gemeinsam rasten sie bergab, immer schneller durchs Unterholz. Äste und Zweige schlugen ihnen entgegen, doch Maxe kümmerte es nicht. Auch dass er schon bald nicht mehr wusste, in welche Richtung sie eigentlich liefen, hielt ihn nicht auf.

Endlich lichtete sich der Wald. Die hohen Tannen wurden von kleinen Büschen abgelöst und schließlich erreichten sie eine Wiese. Maxe und Frieda wurden langsamer.

„Wo sind wir hier?“, keuchte Maxe atemlos.

Sie hatten eine gefühlte Ewigkeit Vollgas gegeben. Offenbar umsonst – Makkaroni war nicht mehr zu sehen.

Am liebsten hätte Maxe sich ins Gras geworfen und die Augen geschlossen. Sich einen Moment lang nur ausgeruht.

„Ich habe keine Ahnung!“, japste Frieda und ließ sich auf einen Felsen fallen. Knutschi kämpfte sich aus dem Kragen ihrer Jacke heraus und sprang ins Gras.

Da zerriss ein lautes Planschen die nächtliche Stille. Wasser spritzte.

„Makkaroni!“ Sofort war Maxe wieder fit.

Auch Frieda spitzte, genau wie Knutschi, die Ohren.

„Hier muss ein Teich oder ein Fluss sein“, überlegte Maxe.

Frieda schüttelte den Kopf. „Nein, ein Teich oder

ein anderes stehendes Gewässer. Den Fluss würden wir rauschen hören."
Aufgeregt leuchtete Maxe mit seiner Taschenlampe über die Wiese. „Meinst du, Makkaroni hat uns zum Ziel gebracht? Zum Teich beim Camp?"
Immer noch war lautes Planschen zu hören. Die Freunde liefen los und folgten dem Geräusch.
„Das wäre möglich. Die Richtung stimmt auf jeden Fall. Schließlich liegt der Berg hinter uns", antwortete Frieda.
Plötzlich spiegelte sich das Licht von Maxes Taschenlampe vor ihnen. „Da! Das muss der Teich sein." Schon landeten sie im weichen Schlamm am Ufer.
„Makkaroni!", rief Maxe seinen Hund noch einmal.
Pflatsch! Im Licht der Taschenlampe tauchte der Labrador auf. Als er sie sah, wedelte er fröhlich mit dem Schwanz. Dann drehte er sich im Kreis und ging wieder auf Tauchstation.
„Was macht der verrückte Kerl denn da?", fragte Frieda, während Knutschi würdevoll am Ufer entlangstolzierte.

Immer wieder schnappte der Labrador nach Luft, um dann erneut unter Wasser zu verschwinden.
Maxe schüttelte langsam den Kopf. „Keine Ahnung …"
Doch da ragte auf einmal ein großer Gegenstand aus dem Wasser.
Die Kinder kreischten auf. Knutschi machte einen Buckel.
Als Nächstes folgte Makkaronis Kopf. Hechelnd kam er hoch und schüttelte sich. Dann packte er seine Beute, die nun halb auf dem Wasser trieb, und schleifte sie in Richtung Ufer.
„Ach!" Maxe lachte erleichtert. „Er hat was ausgebuddelt." So wie er seinen Kumpel kannte, wahrscheinlich etwas zu fressen.

Makkaroni schleppte den Gegenstand die letzten Meter, bevor er ihn tropfend ins Gras fallen ließ.

„Das ist ja ein schwarzer Plastiksack!“, stellte Frieda fest. „Ähm, ich will ja nicht wie Pascal klingen … aber wer versenkt bitte einen solchen Sack im See?“ Argwöhnisch stieß Frieda ihn mit der Fußspitze an. „Meinst du, da ist eine Leiche drin?“

Makkaroni wedelte erwartungsfroh mit dem Schwanz.

Sein Herrchen beachtete ihn kaum. Maxes Gedanken rasten, während er wie hypnotisiert auf den großen Plastiksack starrte. „Wir könnten einfach mal einen Blick hineinwerfen“, flüsterte er ein wenig heiser.

Frieda schluckte. „Der Sack sieht neu aus.“

„Wie schlimm kann es schon sein?“, überlegte Maxe laut.

Langsam gingen die Freunde zu dem Labrador rüber und knieten sich neben ihm ins Gras.

Makkaroni bellte zustimmend. Maxe und Frieda schauten sich unsicher an.

„Okay, ich öffne den Reißverschluss und du guckst rein!“, bestimmte Frieda schließlich.

Maxe nickte knapp.

Seine Freundin holte ein letztes Mal tief Luft und zog am Reißverschluss.

Fast wäre Maxe rückwärts ins Gras gefallen. „Das gibts doch nicht!“

Er konnte es nicht fassen.

„Makkaroni!“, schrie Maxe atemlos. „Du bist ein Superhund!!!“

Dann packte er mit beiden Händen den eisernen Gegenstand.

„Unsere Namenstafel!“, kreischte Frieda und sprang auf die Füße. „Maxe, wir haben sie tatsächlich gefunden!“ Jubelnd tanzten die Freunde durchs Gras, während Knutschi und Makkaroni fröhlich um sie herumhüpften.

Mission: Duell der Schulen 505.ZZZ.5/17

MITTWOCH, 11. SEPTEMBER

LBE:

500 Euro Bestechungsgeld
Oma Rumpus' weltberühmte Schokotorte (auch Bestechungsgeld)

00:15 UHR. FREIZEITCAMP. TAL DER TRÜBEN TEICHE.

Der Gewinner kriegt alles! Ja, ja, so ist das. Oder etwa nicht? Ich wäre ja schließlich nicht Inspektor Rasputin Rumpus, wenn ich nicht auch noch ein Wörtchen (oder ein paar) mitzureden hätte!

MfG Insp. RR

Klassenerhalt

Plötzlich blieb Maxe stehen. „Aber sind wir jetzt nicht zu spät dran?“

Frieda riss erschrocken die Augen auf. „Du hast recht! Wir müssen uns beeilen und zurück zum Camp! Unsere Klasse hat nur gewonnen, wenn wir alle zusammen durchs Ziel gehen.“

Maxe packte das Schild, klemmte es sich unter den Arm und rannte los. „Okay, dann nichts wie los!“

Noch einmal rannten sie durch den Wald. Allerdings wesentlich langsamer als beim ersten Mal, denn nun musste Maxe das schwere Metallschild schleppen.

Schweiß lief ihm über die Stirn und seine Füße brannten. Noch nie war er so viel gelaufen an einem Tag!

Endlich lichtete sich der Wald und das schummrig beleuchtete Camp tauchte vor ihnen auf.

„Frieda, wir haben es gleich geschafft!“, rief Maxe, gab noch einmal ordentlich Gummi und raste zwischen den ersten beiden Hütten am Ufer des Sees hindurch.

Nun hörte er auch Geräusche. Kinderstimmen und … Maxe bremste ab. Ganz unverkennbar das Gebrüll von Schulleiter Schnittlich.

Frieda krachte ungebremst in Maxes Rücken.

„Autschi!“, keuchte er.

„Woahhh!“, kreischte Frieda. „Ist das unser Schulleiter?“

Maxe nickte – und dann sah er sie.

In der Mitte des Camps tobten die First-Klaas-Schüler umher und feierten laut grölend ihren Sieg. Kopfschüttelnd beobachteten die Freunde das Spektakel.

„Ihr nichtsnutzigen Loser!“, wetterte Schulleiter Schnittlich und ballte die Fäuste.

Vor ihm stand Maxes Klasse und zog die Köpfe ein.

Selbst Frau Penne war in sich zusammengesunken.

„Ihr … ihr … Versager!“ Der Direktor spuckte die Worte regelrecht aus. Sein Blick war wirr, seine Perücke verrutscht. Maxe konnte sich nicht daran erinnern, den Schulleiter jemals so außer sich erlebt zu haben.

„Ihr alle! Wie ihr da steht! Keine Ferien mehr! Nie wieder und außerdem …“ Schnittlich rang nach Worten. „Ja, genau … jetzt hab ich's … außerdem kommt ihr fortan in die Loser-Klasse!“

Pascal hob vorsichtig den Kopf. „Heißßßt dasss, wir bleiben alle zzzusssammen in einer Klasssse?“

„Was? Wie?“ Vor Wut schäumend lief der Direktor dunkelrot an.

„Niemals! Ich werde euch aufteilen, ja, das werde ich! In Loser, Vollpfosten und Totalnieten! Ja, so wird es gemacht …“
Bei diesen Worten packte Maxe auf einmal selbst die Wut. Und bevor er recht wusste, was er da eigentlich tat, stapfte er los. Direkt auf Schulleiter Schnittlich zu.
„Die First-Klaas-Schule hat geschummelt!“, rief er. „Wir hatten von Anfang an überhaupt keine Chance!“ Alle Augen waren nun auf Maxe gerichtet. „Wozu gibt es denn einen Schiri, wenn der gar nichts regelt!“
Der Direktor war so überrumpelt, dass er Maxe einfach nur wortlos anstarrte. Und plötzlich begann er zu strahlen!
„Zack, was haben Sie denn da in der Hand?“, fragte der Schulleiter aufgeregt.
Maxe machte einen Schritt rückwärts und stieß mit jemandem zusammen. Er wirbelte herum. „Inspektor Rumpus!?“
Der Inspektor lächelte. „Na, mein Junge, hast du mich schon vermisst?“ Er zwinkerte ihm zu.
Die Klasse seufzte laut auf vor Erleichterung.

„Was haben *Sie* denn hier zu suchen?“ Schulleiter Schnittlich klang alles andere als erfreut.
Rumpus schob sich an Maxe vorbei. „Der Junge hat die Schnittlich-Schultafel gefunden. Gebührt ihm da nicht ein wenig Ehre und Anerkennung?“
„Na ja, genauer gesagt war es eigentlich mein Hund Makkaroni, der sie gefunden hat“, verkündete Maxe stolz.
Herrn Schnittlich trat der Schweiß auf die Stirn. „Tatsächlich? Zack, Sie haben die Tafel meiner Vorväter zurückerobert?“ Sein Blick huschte begierig zum Schild in Maxes Hand.
Maxe umklammerte es fest. „Ja. Aber ich gebe es dir nur, wenn die Ferien nicht gestrichen werden!“
Der Inspektor schmunzelte und schob die Hände in die Taschen. Abwartend beobachtete er den Schulleiter.
Schnittlich wischte sich mit einem blütenweißen Stofftaschentuch über die Stirn. „Na … na schön!“, murmelte er schließlich. „Und jetzt her damit!“
Da versperrte ihm Frieda den Weg. „Moment! So einfach geht das nicht! Er bekommt es nur, wenn wir noch eine Woche extra kriegen!“

Zustimmendes Gemurmel erhob sich. Maxe grinste. Frieda war einfach ein Genie!
Frau Penne, die gedankenverloren Makkaroni streichelte, hielt die Luft an.
Schnittlich klappte der Mund auf. „Also das ist doch …"
Der Inspektor räusperte sich. „Ich denke, das ist ein faires Angebot."
Der Direktor lief rot an. „Also … also …", stotterte er.
„Okay, sieben Wochen Sommerferien. Abgemacht!" Maxe löste eine Hand vom Schild und streckte sie dem Schulleiter entgegen.

Herr Schnittlich rümpfte die Nase, dann schüttelte er widerwillig Maxes Hand. Der Inspektor nickte zufrieden. „Dann wäre das ja geklärt. Wenn Sie mich entschuldigen würden, meine Damen und Herren …" Seine himmelblauen Augen blitzten gefährlich. „Ich habe noch ein Hühnchen zu rupfen. Guten Tag!"

Kaum war der Inspektor verschwunden, ließ Maxe die Namenstafel einfach zu Boden donnern. Er riss beide Arme in die Luft und stürzte sich auf Makkaroni und Frieda. „Juhuuuu! Wir haben es geschafft!!!"

„Makkaroni der Ssssuperdog!", grölte Pascal.

Frieda grinste verschmitzt. „Klarer Sieg! Eins zu null für uns."

Maxe sah hinüber zu den feiernden First-Klaas-Schülern. „Vielleicht sollten wir denen mal zeigen, wie man einen Sieg ordentlich feiert …"

Seine Freundin riss entsetzt die Augen auf. „Was hast du vor?"

Maxe zuckte die Achseln. „Du weißt schon, den einen oder anderen total unlangweiligen Streich …"

Mission: Duell der Schulen 505.ZZZ.5

MITTWOCH, 11. SEPTEMBER – ABSCHLUSSBERICHT

LBE:

Entspannungsbad
Playliste „Geruhsame Herbstabende"
4 XXXL-Pizzen mit extra Käse
2 Liter Erdbeerlimo
Beruhigungstee
3 Eimer Vanilleeis

12:00 UHR. OBERSSTADT. SPA-HOTEL HEIDÄWEH.

Meine lieben Kollegen! Ich habs geschafft. Nein, ich bin geschafft. Na egal. Die First-Klaas-Schule wird ihr blaues Wunder erleben. Natürlich steht diese Schule ab sofort unter strengster Beobachtung. Vorsorglich habe ich alles verwanzt – vor allem das Bett des Schulleiters. (Stellt euch vor, er hat Herzchen-Bettwäsche! Wie überaus unpassend.) Kann sein, dass ich auch das ein oder andere Stinktier im Schulhaus vergessen habe. Ach ja, falls ihr den Python aus unserem Fundus für Giftwaffen vermisst: Vielleicht habe ich ihn unter Hermes' Schulbank verlegt.

So weit, so gut. Wenn ich mit der First-Klaas-

Schule fertig bin, werde ich mich direkt wieder dem Schlamassel an der Schnittlich-Schule widmen müssen. Leider ist der Schuss mit dem Wettkampf eindeutig nach hinten losgegangen. Schulleiter Schnittlich ist nun entschlossener denn je, seine Schüler „auf den Ernst des Lebens vorzubereiten". Sprich, Langeweile in Tüten! Aber nicht mit mir! Ich habe auch schon einen Plan. Schließlich hat auch Horst Schnittlich die eine oder andere Leiche im Keller … äh … im Geheimgang.

MfG Insp. RR

Sabrina J. Kirschner hat schon als Kind Abenteuergeschichten geliebt. In London studierte sie Kreatives Schreiben und Literatur und arbeitete anschließend als internationale Turnierreiterin und Kinderbuchlektorin. Heute lebt sie mit ihrer Familie im Alpenvorland und erzählt ihre eigenen, absolut unlangweiligen Abenteuergeschichten.

Monika Parciak ist in Danzig, Polen, geboren und in Nordrhein-Westfalen aufgewachsen. Sie hat eine Ausbildung und ein Studium zur Grafikdesignerin abgeschlossen und in einigen Werbeagenturen gearbeitet. Inzwischen illustriert sie am liebsten lustige Kinderbücher, während geheimnisvolle Agenten durch ihr Atelier schleichen. Sie lebt und arbeitet in Neuss.

Das war das fünfte Abenteuer rund um
die unlangweiligste Schule der Welt!

In Band 6 plant Maxes Klasse eine Gespenster-Party.
Als ob es in der Schnittlich-Schule nicht
schon gruselig genug wäre!
Doch plötzlich spukt es wirklich … Wer steckt dahinter?

Begleite Maxe auch auf seine nächste Mission!

Mission: Geisterstunde 505.ZZZ.6/01

DONNERSTAG, 29. OKTOBER, 0:07 UHR. MITTELHAUSEN. BFLB MOBILE ZENTRALE.

Meine lieben Kollegen,

etwas Grauenvolles steht uns bevor! Nein, ich übertreibe nicht. Unser letztes Stündlein hat geschlagen - das meiner Wenigkeit, aber auch das der Agenten Geratwol und Zack. Während Herr Schnittlich seine klaffenden Wunden der letzten Mission leckt, braut sich großes Unheil über Mittelhausen zusammen. Das Geheimnis, das seit Generationen hinter den Mauern der Schnittlich-Schule lauert, droht uns alle einzuholen und zu verfolgen. Auf immer und ewig.

Denn, meine lieben Kollegen, seid versichert, Schulleiter Schnittlich hat mehr als nur eine Leiche im Keller. Und die gammeln bereits, ach was sag ich, verwesen tun die ... und miefen. Ich wusste ja schon immer, dass es an dieser Schule stinkt - und zwar gewaltig! Aber dass es tatsächlich so schlimm ist, hätte ich mir nicht einmal in meinen schrecklichsten Albträumen ausmalen können.

Schön, schön ... oder eher schlecht, schlecht ... wie auch immer, ich höre besser auf, bevor ich noch eine Gänsehaut bekomme. Moment - habt ihr das auch gehört? Oh weh. Ich glaube, es kam aus einem der Gänge. Ich muss Schluss machen und nachsehen ... wenn ihr nichts mehr von mir hört, hat es mich erwischt.

So lebt wohl!

R.I.P. Insp. RR

Leseprobe aus

SCHOOL OF THE DEAD

Mein Leben mit verknallten Hirnlosen

und knallenden Klos

Warst du schon mal in einer Sitzung?

Logisch, jeder sitzt hin und wieder, bis Mama freundlich an die Klotür klopft und flötet:

Ich glaube, das Wort **stinklangweilig** kommt von genau solchen Sitzungen. Du hockst auf dem Klo. Es geht nicht so recht voran. Und es müffelt bestimmt nicht nach einer blühenden Liebeslinde.

Ich, Max, saß auch. Aber ich hatte mir diese Sitzung anders vorgestellt! An der Tür zum Sitzungsraum stand nämlich nicht

Herren **H** **♂** oder **Junxklo**

Nein, da stand:

BIBLIOTHEK
REDAKTION SCHÜLERZEITUNG

Redaktion klingt natürlich superwichtig. Ich sollte bei der **Zeitung** mitmachen! Es ist nicht die größte und wichtigste Zeitung der **Welt** – aber es ist immerhin die größte und wichtigste Zeitung meiner Schule. (Okay, zugegeben, es ist auch die einzige Zeitung der Schule …)

Zuerst war meine Freude so groß wie bei Hengst Happy von der Jubelweide. Jeden Dienstag nach der letzten Stunde durfte ich jetzt die nach Schulstaub müffelnden **heiligen Hallen** der Schülerzeitungsredaktion betreten. Ich war Redakteur. Darum habe ich auch locker über diesen leicht fauligen Geruch in der Bibliothek* hinweggerochen.

Ich meine: **ES HÄTTE SCHLIMMER KOMMEN KÖNNEN!**

Jedenfalls war die Bibliothek geruchstechnisch nicht die schlechteste Wahl. Da geht noch mehr. Denkst du jetzt an Lehrerzimmer, Umkleidekabine oder Kantinenküche? Auf unserer Schule gab es noch einen anderen Ort. Im fünften Stock lag das berüchtigte

MÄDCHENKLO DES GRAUENS

* *Es ist etwas übertrieben, diese drei Regale mit verstaubten Uraltbüchern Bibliothek zu nennen, aber was soll's …*

Aber dazu kommen wir später noch ausführlicher.

Leider.

Ich hatte mir das Leben als **supercooler** Schülerzeitungsredakteur ungefähr so vorgestellt:

Infiziert!

»Meine Freunde waren bis jetzt die Einzigen, auf die ich mich wirklich verlassen konnte. Jetzt sind sogar die infiziert – mit einem Liebesvirus?! Aber da gibt es nix zu leugnen, die zwei sind eindeutig verknallt. Bis zur Hirnschmelze. Und Marken-Schleimer Edgar nervt auch schon wieder rum.
Als hätte ich damit nicht genug Probleme, werde ich auch noch in den Pausen ins Mädchenklo eingesperrt. Von meinen Lehrern! Und alles nur wegen eines harmlosen Comics ... Holt mich hier raus!«

Ein turbulentes Schulabenteuer, randvoll mit Witz und coolen Comics: ideal für Jungs!

Christian Tielmann / Zapf
School of the dead, Band 2:
Mein Leben mit verknallten Hirnlosen und knallenden Klos
240 Seiten
Gebunden
ISBN 978-3-551-65501-1

CARLSEN

www.carlsen.de

Die Abenteuer der
„Unlangweiligsten Schule der Welt“
gibt es überall im Buchhandel
sowie auf carlsen.de

Mit Fragen zur Produktsicherheit wenden Sie sich bitte an:
carlsen.de/kontakt

Umschlag und Innenillustrationen: Monika Parciak
Umschlaggrafik: Sabine Reddig
Lektorat: Jacqueline Guse
Herstellung und Gestaltung: Constanze Hinz
Lithografie: Margit Dittes Media, Hamburg
Satz: Pinkuin Satz und Datentechnik, Berlin
978-3-551-65395-6